輕世代
FW062
逆星雙子 1
賢者之石
暮帬 著 | 布丁 繪

逆星雙子

人物介紹

主持人(暮霜)：請兩位簡單的自我介紹吧！

以聲：哈囉，大家好，我是駱以聲，雙子座B型，身高一百七十三，個性好相處，然後目前沒有女朋友喔。

以安：哈囉，大家好，我是駱以安，不要問為什麼是一樣的開頭，因為哥哥比較不喜歡講話，所以我只好替他說了(傻笑)。

主持人：這樣幫哥哥介紹好像不太好，駱以安你也講個一兩句話吧。

以安：嗨，我弟弟給各位添麻煩了，對不起。

主持人：啊啊啊！不會啦，不要這樣說，既然你們自我介紹是這麼簡短，我會希望你們之後回答問題都可以踴躍一點，這樣讀者們才能更認識你們喔！那麼，你們有沒有特別喜歡什麼東西或是討厭的東西呢，最好說多一點喔(累)。

以聲：一樣我先嗎？真是的，哥哥總是擺一張臉讓我出去當前鋒。比起哥哥，我比較挑食一點，然後非常不喜歡綠色蔬菜，除非是媽媽的料理，不然休想我吃下別人煮的綠色料理。最喜歡吃的東西有太多了，最愛的大概還是羊排吧。(忍不住流口水)

以安：我都吃，尤其是他不吃的，我會負責吃乾淨。

主持人：以安其實你可以再多說一點的(滴汗)，不然就怕大家會對你沒有好印象喔，說不定會有什麼你幹嘛裝酷的流言蜚語喔。那我要繼續問問題了，還是希望你們兄弟可以踴躍發言。接下來就請你們稍微介紹一下自己的能力吧，但千萬不要劇透第二集的發展！

以聲：嗚……差點就以為可以說第二集的超酷能力了。其實我們兄弟倆繼承了人類史上本來就存在的雙子之力，是被命運選中的雙胞胎，我們的能力與巡影者的影之力有些不同，算是更加完整性的影之力，而且我們的影子會變成可怕的人型，可說是充滿獠牙的兇猛人物喔！除此之外，我們的能力會隨著時間而更加熟練，甚至可以感染其他事物，就像我們的衣服顏色可

駱以聲

以隨意改變一樣，還有就是哥哥能操縱觸摸到的水，從這些看來，我們往後應該可以呼風喚雨了(!?)，換哥哥了(遞麥克風)。

以　安：你都講完了，我要講什麼？(麥克風還給主持人)

主持人：我有點後悔當初把你的個性寫得這麼陰沉了，你這種個性更適合發展成反派啊，怎麼辦？我有點衝動想在後面集數寫成反派啦！(滾)

咳咳，那麼，下一個問題就是你們比較喜歡跟哪位人物互動呢？或者是最害怕誰？

以安(聲)：最害怕的是黑卣！(異口同聲)

以　聲：除了她以外，我們很喜歡跟任何人在一起，尤其是貝娜姊，她教會了我們不少知識，讓我們知道現在的世界不是我們過去想的那樣，不過最讓我感到神秘的人物應該就是司令了，真希望找個時間好好跟他說幾句話，不過也因為他是司令，有點害怕就是了，不然下次哥也陪我一起去吧！

以　安：我不要。不過這是一個很溫馨的小家庭，很高興他們收留我們，不然我們真不知道未來會變得怎麼樣，其實我也沒什麼要求，只要以聲平安就好了。

以　聲：哥哥！(眼淚汪汪)

以　安：不要過來，小心我叫黑卣過來！

主持人：最後一個問題就讓我替大家問一下囉，我相信大家已經忍不住要翻書了。

請問你們對未來有沒有什麼期待呢？

以　聲：(解開鈕扣)如果可以，我希望可以跟哥哥形影不離，而且也希望身材變得更壯碩一點，畢竟我們的力量來源是在肚子，我相信這絕對是作者的私心……(眼神飄向主持人)，所以如果有機會，讓我們有多露一點腹肌的橋段吧，也謝謝各位不嫌棄我們駱氏兄弟！

以　安：我不喜歡生離死別，所以只要不搞這套一切都好談，否則我就不演了。(瀟灑離場)

主持人：等、等等啊！駱以安不要走！我的故事還需要你啊！(追上去)

以　聲：那就這樣囉，大家快點翻開下一頁吧……

逆星雙子

目錄

楔子　逆星雙子

深夜。

人聲的喧鬧擠滿熱鬧的商圈街道，也有起伏低微音量的耳語交談綴飾其中。

人潮中，只見一名青年有著讓人嘖嘖稱奇議論紛紛的雪白髮絲，修剪整齊的平貼頭部，低垂的頭，盯著自己的布鞋，假設成自己與周圍的人是同樣的存在，企圖融入人類的社交圈中。

地下行駛的捷運乘載青年從熱鬧商圈抵達另一處，他只有一個目地，為了這一個目地，他不惜耗費自己的時間也要找到自己所想要的人。

青年怪異的模樣在周圍的人群中顯得特別醒目，也是一群濃密黑髮的亞洲人中最突兀的存在，讓人見了便過目不忘，周遭一片竊竊私語中，交談的重點皆為青年。

『下一站，市政府站——』

以臺北為中心，這算是其中熱鬧一帶的信義區，也是眾多富裕人家居住的環境，由於這裡交通便利、有個購物天堂的新光三越以及高聳到成為地圖指標之稱的一〇一大樓，儘管地價多麼讓人高攀不起，仍有不少藝人願意砸下重金買下這裡的奢華房屋。

青年隨著人潮步出捷運，走往地下一樓的刷票機臺，周遭每個人類都掏出一張含有晶片的悠遊卡貼上感應器，『嗶』地一聲開啟出口閘門。

輪到青年時，他卻是把五指併攏用掌心觸碰了感應器，阻礙行走的閘門自動退了開來，空出可行走的單人範圍讓青年離去，走往標示有三號出口指標的電扶梯。

從四面八方射來的好奇視線已經不是第一次，但也不會是最後一次，他已經多少有些習慣了。

來到一樓，迎面而來的是左側的公車站牌以及等候公車的人類，每個平凡人類的腳底下都有影子，在青年的灰白色眼中能看見的卻不是一般漆黑的影子，而是擁有各式各樣色彩的影子黏著在每個人的足底，形影不離的跟隨一輩子。

有的人是藍影子，有的人是紅影子，依照著『主人』目前的心境狀況而改變。

他瞥見一名擁有憂鬱藍色影子的上班族，正掛著一張苦惱的臉，待在等候公車的列隊人潮後方，青年多少了解對方的藍色影子是怎麼產生的，但要是對方一直維持這樣子的顏色，慢慢地會被心魔吞噬，而這樣子的人總是容易引誘那些傢伙出現。

正想邁步進入人群中的青年，卻被一聲孩童的叫喊扯住注意，圓潤的灰白眼眸在人群中一會兒就找到了發出聲音的孩子。

孩子哭得淒厲，周遭的人都無視他的啜泣，把男孩冷落在角落，自私的等著公車，甚至有人戴起耳機，選擇了漠不關心。

他也是這樣子的人，當一個平凡人，選擇漠不關心，可卻發現自己的腳沒能順著大腦的意識行動，逕自的決定走往男童的方向，駐足站在垂首埋在雙膝間的孩子。

青年寡言的望著對方遲疑了三秒，而後抬起手擱在對方的頭上，做了個安撫的動作。

孩子停止哭泣，愕然的抬起紅腫且還殘著淚珠的眼眸看著青年。青年特殊的眸色讓孩子感到詫異，不過內心的傷心不花一秒就輸給眼前這人散發出來的不可思議之感。

「別哭。」既然這樣子做安慰不了對方，青年便啟口。

男孩不給情面的哭得更加慘烈，咿啞咿啞的指著漆黑的夜。

「我、我的氣球飛走了。」

在臺北的天空不見散亂星輝，只有滿布汽機車排放出來的臭氣，使得夜空濛上一層灰暗。

他抬首望向黑色的天空，色彩幽暗的關係，根本看不見孩子口中的氣球。

他停放在對方髮漩的手仍維持撫弄的姿勢，像撫愛一隻小貓般的細心，只是在別人眼底，這份細心總與外表不搭調。

「別哭，你的氣球。」青年的另一手爬滿黑影的色澤，眨眼間，一顆灌滿氫氣的球體飄浮在上空，尾端的細繩被青年牢牢握緊，最後交到了孩子身上。

彷彿像一罐特效藥般，馬上就療癒了孩子的淚水。

「耶！是氣球，謝謝大哥哥——」

收到氣球的孩子笑盈盈的模樣映進冰冷藏心的青年眼底，卻沒注意無聲無息接近的腳步，霎時——一對中年男女拽起孩子的雙手，用鄙視的眼神覷向青年，雙唇細碎叨唸：「不要亂跟這種怪哥哥接近，要是被綁走了怎麼辦！」便匆匆拉著孩子離開。

這也不是第一次了，所以他也不打算出手幫助更多需要幫助的人。

青年不理睬適才那位上班族的情形，仍把自己列為普通凡人的走近連結捷運站的步道，順著這條正在施工起建大樓的碎石泥道，可以通往喻為購物天堂的四棟新光三越以及被他人名為貴婦百貨的奢華城堡。

當自己所處在寬闊大道時，右側的新光三越、左側的貴婦百貨總吸引大批人潮，讓這條香格大道也布滿人潮。

青年看過無數的影子顏色，都沒有插手的打算，因為這根本就不是自己在尋找的東西，只是那樣東西卻有可能會因為這樣的環境而出沒在這。

按照那個約定——的確是有可能的吧？

路上，除了行人外還有些賣力的街頭藝人，個個展現自己的長才讓圍觀的民眾響起如雷的掌聲，感到興趣的人便會不吝嗇的掏出金錢鼓勵這些辛苦的職業人士。

寬闊道路的盡頭連著馬路，在等待紅燈時，天氣不如願的下起綿綿細雨，細微的雨珠以線條狀從天灑落，底下的人們都撐起各種顏色的傘遮擋雨水的洗滌。

青年對氣候不以為意，這也成了人們關注的其中一項行為。

雨勢在短短幾分鐘轉為滂沱大雨，多數人為了避開這場大雨都收起傘躲入新光三越的騎樓，但他卻無視這場大雨，不把上天的惡作劇看在眼裡，仍走在沒有任何遮掩物的大道上。

雨浸濕青年的白襯衫，讓身軀若隱若現在他人的眼底，些微壯碩的身材線條讓被雨濕過的襯衫更加貼身，慘白髮絲也全黏在頭部，雙眼目視的景色都被不停歇的大雨淋得有些模糊不清。

青年按著自己的腹部，五指平貼線條分明的腹肌，緩和體內蠢蠢欲動的暴躁，按照這時間看來，自己不能再這麼鬆怠下去，便開始加快自己的步伐，往著臺北地標的高樓邁進。

花上約十分鐘的時間，青年穿過停放自行車的街道走往馬路抵達另外一頭，在眼前的是刻有幾個圓圈LOGO的圖示大門，透明的玻璃門內有不少民眾躲入避雨，站在出入口邊的西裝保全忙著分發傘套，要進入的民眾都必須按照規矩套上，避免造成地上濕滑。

青年抬眸，那對珠白色的眸子仰起視線凝望這宏偉的建築，雷雨交加的夜晚，轟隆雷聲伴隨著刺目白光乍現在鄰近一帶的屋樓頂部的避雷針，再一次的強光，這次轉換位置落在青年正後方的建築屋頂。

彷彿這個世界正一步步走向毀滅般，青年一抬眸，果不其然發現了自己正在尋找的那人。

有名青年正以絕佳平衡的姿勢站在一〇一大樓的尖塔上，他的能力足以呼風喚雨，這場大雨正是為了白髮青年所下的。

「呦，駱以安，你找到我了。」說話的青年有頭與駱以安形成強烈對比的墨黑髮絲，還有那雙令人猜不透的漆墨珠瞳，嘴角微勾。

兩人所處高度不同，卻能以耳根能聽見的聲響傳遞言語，這也是被賦予的能力之一。

「我來阻止你的，駱以聲。」

駱以安十分自信的與對方交換視線，對方站在高處用鄙視的鳥瞰角度，完全不把自己的兄長看在眼底，並嘖了聲後雙手環胸，裸著上身只穿條黑長褲，任憑雨水濕漉漉的淋向全身，同時得意地展現自己微壯的身材線條。

「難道你認為你可以用那雙手保護這整個地球嗎？天真，到底是誰才沒成熟長大啊！」駱以聲雙手敞開，身後劈下一道天雷，映照出青年的背脊。

「駱以聲，不要再錯下去了，你明知道我殺不了你。」

「是嗎？那真可惜，我可是非常的有意願要殺了你。你要知道，就算你偽裝自己是人類，也改不掉自己的本質，別人依然會把你視為怪物的。」駱以聲敞著臂膀前傾，以自由落體的速度墜落，面容朝下的直逼白髮青年。

駱以聲墜落的身影撞進白色的瞳眸，彷彿一顆重石墜於一處深潭，泛起的水花漣漪扭曲掉現實，讓駱以安的腦海裡閃現過那年……那天降落在這的記憶。

那是不該被記起的，因為——它讓我們兩人必須面對彼此互相殘殺。

明明我們都是一體相愛的，我想、我永遠都下不了手。

第一章 親離之刻

FACEBOOK、PLURK……這些網路社群盛行的時代，網路無國界讓整個世界為之一變。

虛擬數據這類的用詞融入生活中，漸漸的，人們也更加沉迷在其中，更迫使這些社群以吸毒般的影響力傳染至全球的人們，導致新鮮名詞『低頭族』的出現。

不過，也有些鄉下地方沒有受其感染，還擁有純真、自然的一面。

一座與世隔絕的村落，長年封閉的座落在臺灣的一角落，靠周圍的地理環境，完全對外界隱蔽村子的存在，而且就連當地的村民都不見得能在繁複錯亂的林子中找到返家的路。

在平凡的數千個日子以前，這村子誕生了一對特別的雙胞胎，以著非凡的力量，洗滌了臺灣這一小角落。

年齡約十七歲，卻有著一頭蒼老白髮的青年坐在村落的草坡，眺望坡底流過的清澈河面，波光粼粼的水波銀光反射入他的眼底，隱約可見河內有些淡水魚在悠遊戲水。

白髮青年叫做駱以安，在村落中的姓氏信仰裡頭，「駱」這個字代表靜，儘管不全然姓駱的人都擁有沉默寡言的個性，但駱以安卻完全的傳承了這樣子的精神，幾乎可以整天都不說話的望著一景，悠閒消磨一日。

河內看膩了，駱以安抬起視線眺望湛藍蒼天。

今天的天氣良好，萬里無雲，也因季節的關係，天空那顆發光球體射下來的光線沒有前幾些日子來得燥熱。

「原來你在這啊，哥。」

白髮青年過於專注在看景上，完全沒察覺到身後有人接近，當回過神來發覺的時候，對方已經丟出了問候，接著毫不客氣的坐在自己的身邊。

這人與駱以安擁有強烈對比的黑髮黑眼，身上穿著一件黑色的無袖吊衫與黑色短褲，幾乎是從頭黑到底。

黑髮青年叫做駱以聲，是駱以安的雙胞胎弟弟。「駱」的靜並不能完全用在他的身上，於是父母取名的時候，便用了『聲』來形容他的言語比起兄長來得多些。

「在看什麼呢？」駱以聲雙手撐在草坡，抬起視線跟著兄長一起觀看藍天，不過卻看不出什麼興致，反倒是無聊的打了個哈欠。

「你就在這邊看這個也不覺得無聊嗎？」

他了解自己哥哥的個性，只是一直無法理解為什麼要這麼做？若把時間拿去做些有意義的事情肯定會讓人生更多采多姿，也一定能獲得更多生活上的成就感。

「不無聊。」駱以安卻是冷淡的回應。

而駱以聲也習以為常的咕噥：「真是怪人。」

兩兄弟待在草坡地一段時間，用悠閒的心態度過下午的無所事事，駱以聲中途感覺悶透了，乾脆躺下草坡，一會兒就被午後的風勾起了睡意，留白髮青年一人維持著抬頭的姿勢，繼續望景。

傍晚的時間，天空染上昏黃的色彩，像是整個世界都被大火焚燒般的色澤。

每戶人家的屋頂都竄起濃煙，不必接近都能嗅到陣陣飯菜香氣撲鼻而來，這樣子的時間讓躺睡在草坡的黑髮青年猛地睜開眼睛，幾乎是跳起來的尖叫：「吃飯了！」

只是見身旁的人沒有反應，駱以聲連忙收斂驚呼，丟臉的求證道：「是吧？」

駱以安漠然起身，頷首轉過身子，邀道：「回家吧。」

兩人與母親單獨住在一塊，雙胞胎的父親在他們剛出生不到三歲時便因為山林的猛獸而意外死亡，也因為這樣子導致他們與母親十分親密，這對看似不怎麼成熟的雙胞胎隱隱約約代替了父親的位置，用盡自己的所有時間陪伴在照料他們長大的母親身旁。

回到了家，飯菜是一如往常的普通，卻是這對兄弟愛吃的菜色，兩人沒多久就把盤子上的熱菜全數掃進肚子，這讓當媽的首次看見面臨青春期的孩子們有多麼大的轉變，除了開始長出喉結外，胃口也變得比以往來得大，甚至是行為舉止也多少會刻意模仿大人的時候。

「吃慢點，飯還有很多。」母親替駱以聲多添了一碗飯，讓兒子可以繼續大快朵頤，而坐在黑髮青年身邊的駱以安完全是沉默的動著筷子，比起弟弟的迅速，他則是較為冷靜優雅，不帶任何誇張動作，也完全不擔心自己喜歡的菜色會被駱以聲完全搶走。

「以安，還想再吃的話可以跟媽說。」這對孩子擁有完全不同的行為模式，母親也是無可奈何，慶幸的是這對兄弟都意外懂事，比起村落的其他同齡孩子都來得成熟，不會去惹事生非，也會替母親分擔家裡的工作，同時也會幫村落的人跑腿、砍材，賺取一些生活上的費用。

駱以聲瞄了一眼身旁的沉默青年，不以為意的繼續進食，狼吞虎嚥的咬著擁有母愛味道的菜餚。

晚餐結束後，駱以安見木造浴室沒有人使用，獨自拎著乾淨的衣物，拉開了紙糊的拉門，進入四面八方都是木頭建造的小空間。浴室空間不大，只放著僅能一人使用的木浴缸與木水瓢。

浴缸放滿了微溫的熱水，他光溜著身子踏入水內，把頸部以下都埋入霧氣飄升的水中。

這種時候，是最能讓大腦與身體放鬆的時候，也會讓他去思考自己為什麼這麼的與眾不同。

在他們出生的那年，村落有個傳說，據說若是孕婦產下雙生子，且各自擁有黑瞳與白瞳，那便是不吉祥的象徵，更有一說是這樣的雙生子來自「陰陽界」，這也讓駱以安與駱以聲打從一出生就不受村民的歡迎。

不過後來村落跑進成群結隊的兇猛野獸，光靠村落的男人沒辦法打跑，離奇的是那些野獸看見這對雙胞胎的模樣，光被眼神盯著就全體哀嚎落荒而逃，也因為這樣子的契機，讓村落的人逐漸接受這對雙胞胎，認為他們是福氣的象徵。

經過駱以聲的證實，關於陰陽界的傳說只是人們口中的謊言，並不是真實存在的紀錄。

對駱以安來說，會想成為一般人，是因為知道自己有多麼的不同，可又正因為嚮往一般人的生活，更顯得自己永遠都格格不入，與這個世界彷彿處在不同層面上的關係似的。

這股難以言喻的排斥感，也是使他沉默寡言的原因之一。

他抬起藏浸在水面下的右手，五指與掌心往下，做出一個爪子的手勢，眨眼間，散發著水蒸氣的水面開始向掌心凝結成水珠子，以超自然的行為脫離地心引力的束縛懸浮在掌心中央，化為一顆小水球。

這就是他特別的地方。

如果他想，他有能力將整個浴缸的水都騰空飄浮起來，只是會冷，所以沒有這麼做。

他洗淨身子換上乾淨的衣物，一拉開拉門，便撞上距離自己只有幾公分近的黑髮青年。

對方擠眉弄眼做出一張逗趣的臉，「我還以為你在裡面溺斃或是悶死了。」

駱以安無視弟弟的挖苦，冷默地與他擦身而過。

駱以聲挑眉走進浴室，脫下黑色的背心低喃：「還是老樣子啊……」

隔天一早，駱以安是全村落起得最早的人，他拋下呈大字型姿勢睡著的駱以聲，逕自走出家門。

青藍交錯的天空還能隱約見到散亂的星群尚未完全隱退在夜幕之後，他站在村落的中央，跟往常一樣仰頭，用白色的瞳孔望著這整個世界。

時間還早的關係，他決定先去林子取些乾柴回來，方便晚上生火煮飯用。

他思忖著，只要不離得太遠，都還能憑走過的印象折返回村子，反正對他來說這也不是第一次外出了。

按照平常走過的路線，他穿過清一色密麻的綠林，乍看之下所有的樹種都看似相同，但實際上是各有差異，他小心翼翼的走進鄰近的山區，小心翼翼避免踩到附著青苔的泥地或是灰石。

整座森林的鳥棲類都為了迎接美好的一天，開始啾唱起歌，自然而然，駱以安也被這樣子的氛圍影響，有些投入在大自然中的挑了個位置駐足，觀察四周地形。

就這了吧，他心想。

他眼尖的發現這帶有棵大樹被砍進三分之二的痕跡，只要再稍微砍個幾下就能讓它倒下。

只不過他不需要任何工具，只要把雙手貼向缺口，有種觸電的微伏特導入指內的血液，他可以憑這樣的姿勢感受到大自然的生命是真實存在的。

稍一用力——轟隆巨響便傳遍這帶林子，眼前高聳的樹木在青年不費吹灰之力的碰觸下倒在泥地上，不慎一根突出的樹枝勾扯到駱以安的白衫，連帶胸口的肌膚也被扯出一道撕裂傷。

傷害雖然不大，不過卻足以讓白衣染上一小面積的瑰紅。

同時，綠林傳來不知打哪方向傳來的狼嗥聲，一聲聲此起彼落、從四面八方而來。

青年無處可逃被狼群暗中包圍。

他不發一語、也沒有任何表情的待在原地，他的身體感覺不到太大的痛楚，只有微微的刺疼在刺激大腦，雖然他明白要是不趕快處理傷口，晚些時間就會造成感染，但周圍的狼嚎聲漸漸接近，周遭的草叢晃動得厲害，他抬頭一望，這才發現樹梢上的鳥都已經停止唱歌。

那些狼群是嗅著血腥味而來的。

突然，草叢殘影晃動，一隻隻體積成年的灰狼從綠叢整齊步伐的鑽出，牠們扯開嘴皮上的肉，露出滿是唾液的尖牙，恨不得將眼前美味可口的鮮肉大卸八塊。

強烈的飢餓感讓牠們完全忽視青年的獨特氣息，儘管可以感覺到他身上散發出來的壓迫感，但是受飢餓所操縱的狼群顧不得危險，團團圍繞住駱以安，讓他就算想逃也沒有方向可離開。

有幾隻狼害怕他的眼神，忍不住有些夾尾退縮，卻又因為狼王在的關係只能忍著頭皮硬上，嘗試走到最近距離，並用腦子計算可以撲咬的距離。

手無寸鐵的駱以安像待宰的羔羊，這次不曉得為什麼那些狼不像過去的猛獸那樣懼怕的逃開，反而是用銳利的眼珠盯著他，彷彿光用眼神交換就能體會眼前的人類被四分五裂的痛楚。

那一刻，他沒有想到母親以及駱以聲，而是想著自己會以什麼模樣死去。

就在他閉目感受黑暗降臨的剎那，一股來自心底深處的蠢蠢欲動漸漸大過體內的膽怯，他雖然明白自己有些特別的地方，卻不明白自己昨日在浴室所做的那些事可以替自己解危。

但是——現在這種爬滿全身的衝勁卻帶給駱以安前所未有的感受，他的身體彷彿受人操縱，雙手往前做出伸展的姿勢，這股不受控制的反應讓他驚慌失措的睜開眼。

就在那些狼紛紛湧上撲咬的瞬間，腳底的燥熱燒得像踩在火爐上般，與駱以安總是形影不離的影子以腳底為圓心向外拓展，飛躍騰空扯住那一隻隻惡狼。

所有的灰狼都發出淒厲的哀號，他無法控制的任自己的影子吞噬掉那些動物的黑影，不過這力量消失得快，在野生灰狼失去生命的瞬間，一切又像是沒發生過似的恢復平靜，只剩下遍地的狼屍。

駱以安感覺到一股難以形容的沉重感壓迫著雙腳的膝蓋關節，那迫使他無意識的跪落在地，身子不住微微顫抖。

他的額頭頻頻冒出冷汗，對現在的狀況完全沒有頭緒，只是眼睜睜盯著莫名死亡的動物屍骸。

不過這是一個替家人加菜的好機會，他扛起足足有兩餐份量的野狼甩上肩膀，邁開沉重步伐，緩緩離去，即使走起路來蹣跚搖晃，中途還因為腦中殘存的副作用影響不慎摔了一跤，但這些都無損他的意志力，駱以安半狼狽的爬起身，再度提起兩具狼屍以緩慢的腳步返回村落。

一走進村落，等待許久的駱以聲便迎了過來，臉上表情滿是擔憂，「出了什麼事？我聽見好多狼嗥聲，還把我吵醒了。」

駱以聲揉了揉眼，這才發現駱以安雙肩上的東西，他收回手，瞠目結舌地開口：「有人會特地去獵狼來吃嗎？你到底是哪根筋不對，擅自挑戰狼群是很危險的行為耶！」見自己哥哥沒有絲毫反應，他快速瞄了駱以安周身一眼，繼續追問：「你有沒有哪裡受傷？」

駱以安卻是搖了搖頭，輕輕開口：「沒有，回家吧。」

駱以安不多作解釋，擦過駱以聲的身邊，兩人維持並行的速度回到早已滿室晨光的家中。

一回到家，兩人的母親便被駱以安扛到桌上的狼屍給嚇得花容失色，花上幾秒鐘才從駱以聲的安撫中恢復平靜。

雖然桌上的兩具屍體依舊讓人不知所措，但駱母轉念一想，他們至少不用擔心吃不飽的情形，這兩隻不明原因死亡的大狼少說可以替家人熬過兩天。

驚訝過後，為了慰勞駱以安替家裡帶回豐厚的食物，母親挽起袖口，開心高呼：「好！為了你們，今晚我會努力煮出一頓好菜！」

「咦！中午吃不到嗎？」聽見晚上才吃得到美食，駱以聲不禁抗議，「我以為中午就能吃到了咧！」

「今天中午我已經有打算要做的菜了，所以忍耐一下囉。」母親笑盈盈的說著，正在腦中盤算今晚要怎麼分割狼屍，為一家人做出一道色香味俱全的菜色。

「蛤——怎麼這樣啊！」駱以聲努力的徵求，卻還是得到母親的搖頭否決，只能搖頭嘆氣接受這令人失望的消息。

「要不要出去走走？」駱以安適時的對弟弟提出邀約。

對於哥哥這出乎意料的舉動，駱以聲一時間腦袋一片空白，花上好些時間才回神過來，「喔、啊，好啊。」

兩人走出屋子時，駱以聲還有些愕然的望著走在身邊的哥哥。

這是第一次，駱以安主動傳達關心，兩人從小相處到大，小時候還看不太出來個性的差異，但是這短短一年當中，兩人的變化卻越來越大，他清楚的知道自己的哥哥並非對周遭事物漠不關心，只是相當少言罷了。

這散心的路上，駱以聲發現駱以安不時的覷向身後的影子，他那雙黑眸中明明沒有看見任何東西，但是從親生哥哥的白瞳內，卻彷彿能看見什麼一樣。

「哥，最近流氓很少來了吧。」

他們所居住的村落中，過去曾有流氓來襲的例子，不過近年來出現的頻率少之又少，就連破壞農田這種事情都不再發生，村莊呈現一片寧靜祥和。聽到駱以聲的問題，駱以安收回視線，對上身邊那人的黑眸，「嗯。」回答的簡潔有力。

「算一算也有好幾年了，真希望我們能一直生活在這呢。」對什麼事情都不要求的駱以聲，只想跟自己的母親還有親生兄弟好好生活就心滿意足了。

「會的。」駱以安說。

兩人站在經常度過閒暇時刻的草坡上，選了每次都會坐的位置，駱以安總是以坐姿在這裡看著天空與坡底下涓涓流過的河水，相較起來，駱以聲則是會在這邊打個含淚哈欠，挑個舒適的角度享受天空的金陽，並小睡片刻。

駱以安搞不清楚自己是怎麼回事，在他的體內彷彿有一股力量正在悄悄覺醒，從前些日子發現自己可以憑空捏造出水球後，在今早又有新的突破，他在隱隱約約之中覺得一切似乎有了改變……

面對那群狼，他清楚的知道自己是不可能全身而退的，但是在轉瞬——一切都變了。

事實證明，狼死了，唯有手無寸鐵的自己活了下來。

他思考到一半，側臉望向草坡上熟睡的駱以聲，兩人擁有相同的精緻外貌，只是在眼瞳與髮色還有穿著上都有對比上的差異，在村子中就有人灌輸他們為陰陽使者這類的說法，也有人說是『引渡者』的化身，更深層的解釋就是『黑白郎君』。

他不知道駱以聲有沒有改變，若改變了，是不是也跟自己擁有相同的力量？不過他又不希望自己的弟弟染上這種奇怪的症狀，要是有個什麼萬一，他是絕對無法忍受的，對他而言，弟弟與母親是他就算犧牲性命也絕對不可捨棄的。

『噬了他吧。』

驀地，突如其來的一句話嚇得駱以安刷白了臉，他張望四周，除了駱以聲以外別無他人，但方才殘留在耳根的聲音，說明了這裡還有第三個人，絕對不是自己聽錯！

『噬，與生共存。』

『所以，噬了他吧。』

「誰？」他順著對方的聲音往左側一望，映入眸子中的卻是一名白髮青年，對方的五官是最熟悉不過的樣子，不過表情卻是從未有過的猙獰。

『駱以聲』扭曲著歪斜醜陋的微笑說道：「我是你，你是我，我們是共生的存在，駱、以、安。」

看見駱以安一臉茫然，『駱以聲』無所謂地聳了聳肩，「訝異嗎？其實你不用這麼吃驚的。」

他無視駱以安的注視，學著他剛剛的動作仰首望天，一副悠閒的享受從大自然吹來的芳香徐風。

「我不會傷害你的，相對的，你也沒有辦法傷害我，我跟你的存在就像你跟你弟弟的關係是一樣的。」『駱以聲』笑著，展現肅穆也是最熟悉的表情接著說道：「時機已經成熟了，駱以安。」

「時機？」駱以安傻傻的重複對方的話。

就在此時，村落中央突然傳來巨響，那是一種爆破的燒裂聲音，兩兄弟瞬間都清醒過來，駱以聲慌張地從草坡爬到高處，下一秒卻被眼前的景色震撼住步伐，眼前的景象讓他彷彿綁了鏈球似的動彈不得，渾身頓時又像是深陷泥沼之中。

駱以安慢了一拍回神，他的眼神轉回剛才『弟弟』的位置，只是那裡早已空無一人，他暗自心忖，莫非是自己產生的幻覺？

只是他還釐不出問題的所在，就被駱以聲的大叫拉回注意力，「哥！」

他匆忙從草坡爬往上岸的位置，來到黑髮青年的身邊，映入眼簾的是村莊遭到襲擊的慘狀，不遠處的村落中央被炸出一個凹洞，鄰近一帶的木造房屋都被火舌纏繞，木頭助燃，火勢越燒越烈，到處都竄起灰暗且視野不佳的濃煙，周遭不時傳來人民的哀嚎，以及混雜在爆破與人聲中的病態笑聲。

這是他們都熟知的聲音，可是這還是頭一次見到村落如此悽慘的模樣。

「媽……」駱以安嚥了嚥口水，努力掙脫腳底的束縛，嘗試跨出一步，奮力大吼：「媽、媽！」

兩兄弟狂奔回四處竄起烈焰的村落，由於進入濃煙的範圍，視線一下子只剩下眼前的朦朧背影，除此之外還有雙耳接收到的無數低鳴，偶爾還會被無形的東西推撞，更可怕的是家禽因烈焰發出慘絕的哀嚎聲。

兩兄弟心中的恐懼如一顆重石，重得沒辦法靠自己的力量抬起，只會沉沉地讓兩人都不清楚該怎麼做，憑腦中的直覺，兩人穿過黑煙密布的環境，抵達自家門口，卻被一幅景色震攝到無法接近。

大門遭到重物的破壞，毀損得面目全非，雖然沒有著火的跡象，卻從門口的位置見到散亂的客廳以及女性的尖叫，還有男性的淫穢笑聲。

「媽！」駱以聲絲毫不考慮自己手無寸鐵，不顧危險的直奔屋內。

一見屋內的情況，他喉間燒出一把無名烈火，順著氣管在內心蔓延燃燒。

一名肥胖的男子單手將母親壓制在牆上，另一手緊握寬度深厚，閃著鋒利光澤的大刀抑制母親的掙扎。

「以聲、以安——不要過來！」一見到孩子，兩人的母親卯足力氣嘶吼，就是不願自己的孩子見到如此不堪的景象。

兩人都因為見到這景色，眉頭深鎖的瞪視那猥褻的胖子。

一見到母親的衣物殘破不堪，露出讓所有發情的男性都渴望的甜美肌膚，這更是點燃雙胞胎體內的怒氣，兩人異口同聲大吼：「放了我媽！」

「嘿？你們這對小鬼頭算什麼東西啊！」對方有了身高與力量上的優勢，刀子隨時都能無情的奪走生命，根本無所畏懼！

「不要管我，趕快離開啊——」事到如今，只要能保住自己的孩子，就算有什麼犧牲都已經無所謂了。

母親抱持這樣的想法，卻被滿臉怒火中燒的駱以聲給駁回，「我們不可能丟下妳，妳可是我們的媽媽啊！」

「嘖，你們真是礙眼！」

肥胖男子一拳就讓手中的女人昏眩過去，他動了動筋骨，準備對付眼前這兩個毛頭孩子。

十七歲的孩子自然沒辦法與成人抗衡，不過駱以聲為了救自己的母親，也握起拳頭朝對方奮力奔去，卻未料被對方一手掐住咽喉，無法動彈的被騰空抓起。

「狂妄的小鬼頭，一點都不知好歹！」胖男將駱以聲猛地往一邊的位置拋去，讓他狠狠地撞上牆壁，隨即不醒人事。

而把這一切都看在眼裡的駱以安則是往前一步，五指已經不受冷靜的束縛，握緊成拳，關節紅通一片，恨不得將眼前這個人大卸八塊。

他已經有很長一段時間沒有受到如此激烈的刺激，因此，也變得更加無法控制的微顫起身子。

「怪人一個，怎麼、抱不平嗎？我可不認為你……」

『嗞吧，時機已經都成熟了。』

『把力量都交給我的話，就沒有人會犧牲。』

冥冥之中他聽不見胖子的冷嘲熱諷，只有腦子聽見的熟悉聲調，那是屬於自己的聲音，擁有一種迷人的喉音。

媽、以聲——

他唸誦了重要之人的名字，決定將一切的主宰權都交到另一個自己的手上，儘管茫然，但在心中已經有這個想法時，他的身體已經脫離意識自己動起來，腳底的影子以逆時針的速度飛旋轉繞，讓胖子眉頭稍一抬，還沒意識怎麼一回事，就被白髮青年腳底浮升出來的影子嚇得瞠目結舌。

在駱以安的身後，一股無形的壓迫沉落在雙肩。他能感受到髮尾後呼出的氣息，耳朵裡能聽見來自兩人之外的低鳴聲。

「嗚吼吼吼吼吼吼吼吼——」飢渴的叫喚，刮起一陣旋風朝四面八方的牆面吹去，瞬間讓自己的家變成斷壁殘垣。

胖子回過神來才發現褲襠已經濕了大半，往左右各瞥一眼，這個家已經暴露在村落的街道上，牆壁也在方才的吼叫聲中瓦解成碎粒。

他沒辦法相信自己眼前看見的是什麼東西，青年身後的影子已經化成一堵立體白色的高大人影，約有三百公分的身高，雙手交叉貼於胸前，身上潔白沒有其餘的色彩，十指修長，指甲尖細到彷彿可以貫穿一切物體。

胖子抬起視線，映入眼底的是宛如白布幕般的影子，那道陰影似影卻不是影，有著類似獸類的唇嘴，上下兩排的白齒尖牙分泌著透明唾液，這一幕讓胖子嚇軟了腿，更別提要逃跑。

駱以安聽見周圍接近的碎步聲，人數似乎眾多，看來都是因為發現這裡的躁動而前來查看的人。

不知不覺間，駱以安已經被數不清手持武器的人們團團包圍。

在青年眼裡，那些人手上握的不是刀就是鐵片磨尖的矛刃，再不然還有狩獵者常使用的木造弓矢。

「這豈不是跟狼一樣嗎？有意義嗎？」駱以安無法制止唇舌的動作，莫名地說出這句話。

「上、上啊！把這小鬼頭給我殺了——」

胖子一聲下令，周圍的流氓紛紛一擁而上，然而就在最接近的那一步，眾人的手順著重心將利器揮向青年之際，下一秒，全數人都僵直了動作，就連眼珠子都沒辦法挪動。

「喂！不要發呆啊——」胖子驚慌失措的大呼小叫，那些無法動彈的流氓更是慌了神的應道：「不、不能動啊！」

「吃了他們。」青年冰冷視線鎖向胖子，喃喃低語。

這句話像個開關，讓身後的三尺高影有了動作，交叉在胸前的雙手緩緩動起，向前伸展臂彎，霎時，細尖的指甲倏地竄長貫穿附近的流氓肉體，不偏不倚的刺穿要害，地面上瞬時濺滿鮮血，當指甲縮回原本尺寸後，所有的流氓紛紛倒地。

青年向胖子跨出一步、兩步，與腳底下影子連結的白色人影也隨著移動。

青年向前打直伸出雙手，身後的白色人影也跟著伸長自己的手臂掐住胖子與昏去的女性。

胖子死到臨頭才奮力求生拚命掙扎，不斷靠手肘撞擊掐在脖子上的白皙五指，

「不、我不要死啊！我錯了……千萬不要殺我——對不起、對不起、對不起……」

「沒什麼可以說的了，吃了他。」駱以安緩聲下令，人影再度發出飢餓的哀嚎：

「嗚吼吼吼吼吼吼吼吼──」

清楚可聞的骨頭碎裂聲鑽入雙耳，胖子只掙扎一秒就失去了生命，只留一具肥胖的肉軀。

白色人影手一鬆，胖子摔向地面，肉體之下已經不見被奪吸而走的影子。

駱以安另一手還掐著昏去的女性，忽然間，身旁傳來熟悉的聲音，抑制住白髮青年的行動。

「駱、駱以安……別、別這麼做。」身負重傷的駱以聲勉強爬起，按著隱隱作痛的胸腔，一跛一跛的接近完全遭到控制的駱以安。

『是該渴望吞噬，將一切、一切，都吞噬殆盡。』

白髮青年無視黑髮青年，視線轉回白色人影所掐住的女性，下了指令。

「吃了她。」

碎裂聲傳入兩人的耳裡，駱以聲眼睜睜看著白色人影的手一鬆，掐在手中的女性便重重摔向地面，不再醒來。

「不！」駱以聲喊出聲，「瞧、瞧你幹了什麼事！駱、以、安──」

黑髮青年的腳底影子以順時針的方向旋繞，一股無形的氣流從腳底竄升向上噴發，連帶地撩起墨絲，露出整張乾淨的面容，他的黑瞳中燃著熊熊烈火，身體在這期間感覺不到方才困擾行動的傷痛，一切都漸漸變得無感。

駱以聲的身後也浮出一具三尺高的黑色人影，全身漆黑的保護色簡直融入黑暗之中，唯一有的差異就是眉目遭到白色的布條給遮蔽。

黑影同樣地也發出嘶吼，白髮青年為之一驚，訝異對方也擁有相同的力量。

「嗚吼吼吼吼吼吼吼！」

雙方都成為力量的俘虜，就算告訴自己不能殺了自己的親兄弟，身體卻不由自主的帶起肢體，唇舌也不受制的有了動作，共具默契的下令——

「吃了他！」

兩具三尺高的黑白人影從青年們足下伸展開來，以超越風的迅速接近彼此的操縱者，接著各自舉起右拳碰撞彼此的瞬間，一陣爆破狂風震得人影身後的青年站不住腳而順風向外飛去，最後撞上其他木宅的外牆暈眩過去。

黑白雙影也在意識的中斷當下，消退回青年的腳底。

等待，下一次的飢餓。

第二章 幽影逢見

斷續的蟲鳴鳥叫組成一首破碎的歌曲，天空花上不少時間與精力才漸漸從黑暗中爬回現實的多重色彩。

駱以安按著太陽穴呻吟起身，收入眼底的景色是殘破不堪的村落，那是兩人從未見過的淒慘模樣。

多數的房舍被捲入火海中，燒出帕滋的斷裂聲，幾秒鐘就讓一棟房屋毀損崩塌，淪為一地石塊與木材拼疊而成的碎堆。

駱以安耳內彷彿浸水般嗡嗡響著，宛若成千上萬隻蜜蜂待在耳邊振翅，擾得他的頭疼更加劇烈，不過還不到完全都無法承受的地步。

他的腦中沒殘存什麼記憶，只記得看見一名中年胖子將母親給擊暈，在那之後——便只剩下無數的朦朧幻影，什麼也不剩。

「媽。」

駱以安正想跨出一步接近自己家時，肚子卻先嚐到沉悶的痛楚，像有人正卯起拳頭往那招呼似的，讓他每跨出一步都變得相當吃力，且重心不穩，彷彿隨時都會偏向一邊跌向滿是泥沙灰塵的石道。

走了幾步，他終於能看見自己的家，不過一切都為時已晚，那幢熟悉的房子已經被大火掩埋，燒得不見原貌，只剩下幾根支撐天地的柱子被烈焰爬滿，燒得越來越旺盛。

無能為力，他只能這麼想，就算想出手拯救什麼或是改變什麼，到頭來還是會因為自己的力量不足，沒辦法闖入被火焰吞噬的屋子。

他知道就算自己進去了，也只能眼睜睜看著自己母親的屍骸被火舌無情的吞噬，接著竄燒整個身軀，比起那樣，就這麼待在屋子外或許比較不會這麼痛。

左胸口那顆跳動的心明明沒有傷口，卻痛得他咬唇，忍不住讓淚水滑落兩頰。

「媽……」

他忍不住低喊，剎那間，最後的幾根支柱也斷成多截，摔進大火當中，他可以感受到附近餘火的微微溫熱，卻再也無法暖活心中這時溢出的冰寒。

「媽！」

駱以聲的聲音傳入他的耳畔，他從另外一頭拔足狂奔，不過身體半邊都有明顯的豔紅，可見傷勢不清。

駱以安張開雙臂阻止駱以聲魯莽的衝進火海，兩者力量的抗衡到最後，黑髮青年漸漸放棄掙扎垂下雙手，淚流滿面的睜大腫紅的黑眸，睜睜地靠著駱以安的肩膀眺望遠處那竄上天的大火與灰濃黑煙。

對兩人來說，他們都不記得了，不記得當時的事情，只記得自己的雙手沒能拯救這一切。

在沒有人發覺的時候，天空悄悄地積起了厚厚的雨雲，不到幾分鐘，便開始下起綿綿細雨，洗滌這場大火與無數陪葬的生命。

不管多麼猛烈的烈焰，碰上這場漸漸轉強的雨勢，終究等著被熄滅的命運，徒留遍地的黑柴與黑石塊。

多達快百人的村落，在這一場意外中，最後只剩下兩名倖存者，這件事情不會紀錄在新聞、歷史，卻將永遠地烙印在駱以安、駱以聲的腦海裡。

「我……我才沒有哭呢。」駱以聲抬眸，雨水混著淚水滑落而下，浸濕身上穿著的黑衫。

駱以安定定望著駱以聲，默默地伸出手，搭在需要安慰的黑髮青年肩上，他沒多說什麼，卻用一個行動來表示，讓對方明白他並不孤單。

他們簡單的替村裡的人辦了葬禮，在毀損殆盡的村落中央靠石頭堆疊起一座小山丘，最上面由兩兄弟協力插入木頭拼湊而成的十字，接著站在石丘下，面向十字低首闔眼，默哀多達數十秒，藉此表達對村人還有母親的無數思念。

睜開黑眸的青年專注凝望山丘上的十字，突然拋了個問題：「我們，現在該怎麼辦？」

「活下去。」駱以安慢幾秒的亮起白眸，冰冷冷地回應駱以聲。

「這是媽所期望的嗎？」駱以聲發出自厭的笑容，「呵，活下去真的有比較好嗎？」

「是全村子。」

白髮青年抬起手指向十字。

駱以聲的眼裡還有些不解，這時卻被難以想像的畫面衝擊到不得不相信。十字架的位置站了無數的透明人影，每個人都踩在石丘上的一角，揚起臂彎在空中畫出美麗的半圓弧度，鄭重地跟他們道再見。

那些人……全村落的人……每人都揚起燦爛的笑容，當中，駱以聲發現自己的母親就站在十字架前的位置，雙手疊合在胸前，燦起靦腆的笑容。

「媽、媽……」駱以聲忍不住內心的激動叫出聲，眼一眨，這些景色卻都消失了。接收到訊息的駱以聲，推翻自己剛才的那句話，忍著眼淚鄭重重申：「我會、會好好活下去的……一定、一定……會活下去的，跟駱以安一起。」

兩人趁夜還沒降臨，趕緊上路離開村落，他們走進危險重重的綠林山區，花上好幾個鐘頭遊走在看似都相同的森林內，抓不到正確方向的他們只能憑心中的直覺四處拐彎，企圖找出一條可以離開森林的路。

他們曾從村民口中得知山腳下有個公車站牌，每兩小時一班開往市區。

相較村落，市區是熱鬧非凡的地方，不過對雙胞胎來說，他們都不曾見識過五光十色的熱鬧都市，所以就算能從村民的口中明白有這樣的地方也無法想像。

一路上，駱以安不時努力去回想在那場大火發生的瞬間，自己究竟發生了什麼事情，可惜儘管隔了一段時間，他再去回想，受到衝擊的大腦依舊會隱隱作疼，悶脹的感覺幾乎讓人以為要爆炸開來。

花上數個鐘頭走在茫茫無望的路上，不禁讓人感到現實的絕望，他們走到一條隱匿在林中的小溪，決定在此休息一會兒。

駱以聲捧起剔透的溪水送入口乾舌燥的口中，沁涼的液體流過食道進入體內，驅散身上的不耐，也藉由冰冷來冷卻大腦的胡思亂想。

他喝完水，抬起視線望向駱以安的方位，見他背著自己悶不吭聲的杵在那，他不禁關切的走了過去。

「怎麼了？哥。」

「吶。」駱以安指著不遠處，「有聲音。」

「聲音？」駱以聲仔細聆聽，把身體的感官接受度開到最大，剎那間，兩人想的都是同一件事情。

在耳內的聲音不是動物與自然的聲響，而是足以讓兩人恢復精神與體力的驚喜，兩人發揮腎上腺素的高度作用，往駱以安面向的位置拔足狂奔。

不論地形多險峻，都沒能阻止兩兄弟的腳步，他們意外的能聽見車子驅動所發出來的引擎聲，以及輪胎摩擦地面的細微噪音，這幾種聲音都是一般人必須花上絕對的專注力才能聽見的，不過對兄弟來說卻絲毫不是問題。

他們爬到山坡的最頂端，便能望見公路上的另外一側坡頭，遠處一輛渺小的巴士正往他們即將到達的公車站牌前進，只不過兩者之間的距離還有些遠，但對青年們來說，他們絕對有把握能及時到達。

兩人十分有默契地滑下山坡，藉由坡度的滑落增進奔跑的速度，不過幾十秒的時間，就已經從坡頭的位置安然無恙的抵達有些氧鏽的公車站牌前。

那是一輛免費巴士，專門載居住在遙遠村落的村民，當兩人眼底映進漸漸駛近的車頭燈，忍不住欣喜若狂的舉起手揮舞。

司機將車停在站牌前，兩人匆忙上車後才發現這輛巴士除了司機以外別無他人，他們挑了巴士後半的雙人椅坐著，這一路上的疲憊，全都在身體放鬆時全數湧上，強烈的疲勞感讓他們馬上如被催眠般進入夢鄉，彼此頭靠著頭昏沉沉地睡去。

司機望了眼後照鏡，可以勉強瞄見青年們熟睡的模樣，還有那身沾滿汙泥的服裝，他心想這對孩子是怎麼了？不過自己沒有資格去過問別人的隱私，只好維持司機的職業道德，按照行程開往還有兩個鐘頭路程的市區。

駱以安在夢裡見到一個人，一個與自己面貌完全相同，連髮色、眼眸都一致的青年，這個與他像是同個模印出來的複製品並不陌生，因為在村落的草坡休息時，他還有印象見過這個人。

「滿意嗎？」對方這麼問。

周圍的環境是伸手不見五指的漆黑，只有兩人是徹頭徹尾的白，對方說：「我相信你會愛上這樣的能力。」

「為什麼？」駱以安不解另一個自己在說什麼，沒頭沒尾的讓人搞不清楚。

對方依舊是笑臉盈盈的模樣，與駱以安是截然不同的表情，「你說為什麼喔？那是因為，這一切都是命中注定好的，你是被選上的人。」

「想想你的白髮、眼睛，一切都不是巧合。」說話的那人，語畢的同時漸漸隱沒身影，一點一滴的融入黑暗中，最後只剩下一句話纏繞在駱以安的耳裡——

『相信我，你會一直需要這股力量的。』

驚醒，眼睛一眨，深藍色的椅背映入眼簾，駱以安還在恍惚時，腹部傳來的絞痛令他刷白了臉，他沒辦法再維持一直以來的冰冷面貌，因為那是無法不去理會的痛楚，那股痛漸漸以圓形的狀態渲染開來，慢慢侵染身體各處，直到最後，幾乎全身都在承受這股痛苦。

車子開過一個窟窿，震得整個車子上下劇烈搖晃，也打斷了駱以聲沉睡的美夢。

他瞬間驚醒，以為發生什麼天大的事情，張望了下四周，才發現是自己窮緊張一場罷了。

他不自禁的打個哈欠，眼尾含著眼淚，「啊——我再睡一下好了……」

從這情形感覺的出來車子還需要一段時間才會抵達他們所盼望的市區，既然如此，趁現在多多補眠恢復體力是當務之急該做的事情。

「睡吧，到了叫你。」駱以安哄著身側的黑髮青年，才短短幾秒，駱以聲再度以白髮青年的肩膀當做枕頭昏睡過去。

兩個鐘頭的車程，駱以安只有望著車窗外的流動景色，沒有選擇再多睡一會，並不是害怕什麼，只是為了遵守跟弟弟的承諾，加上自己也沒有特別想睡的慾望，乾脆手托著下巴，讓眼睛接受不斷向後流逝的各式景色，以及天空中那顆光球體悄悄墜入地平線的美景。

巴士開到左邊完全靠海的山路，只剩下右邊的綠林山景。

左半邊的海景，可以一覽無遺汪洋大海的美貌以及沉墜一半的橘紅色太陽，它渲染周遭的雲彩，染成相同的色調，更加鮮紅的綴飾整幅美景並提升驚豔度。

駱以安腦海忽然無預警的浮現出兒時的過往，會有這樣子的症狀，也是因為眼前所看見的夕陽與準備接班爬上天空的漆黑。

幼時的時光是開朗的，那是家庭最和樂融融的時候，只不過在某一天，一切就這樣悄悄轉變了。

「爸爸，我們要去哪裡呀？」揹著取柴架的白髮孩子跟在父親身後，遊走村落附近的森林。

「我們要去尋找最棒的乾柴，媽媽一定很開心的，而且也要趁冬天來臨以前多準備一點才行啊！」父親這次只帶著白髮孩子一同闖蕩森林，留黑髮孩子待在屋子陪伴母親準備今天的豐盛晚餐。

「以安發現乾柴也可以自己撿起來喔，這樣子回家就會暖活囉。」父親舉起一根短細的柴木，「這就是乾柴，只要將它安置在火焰的旁邊就會讓身體變熱，這樣子以安就不會搓手說好冷了。」

對父親來說，今天是個適合走進森林的日子，因為沒有會凝人困山的風雪，也沒有積滿雪的厚雲，一切都是暴風雨前的寧靜，讓人忍不住放鬆在這樣子的環境中。

跟隨父親腳步撿柴的駱以安，因為自己撿到有所幫助的乾柴，孩子的心完全被點燃，引起一陣不小的成就感，「耶──我撿到好多好多的乾柴喔！」

「以安真棒，我們再努力一點，這樣子媽媽就不用擔心了。」父親的鼓勵更加激勵孩子的求勝心，讓駱以安在做這件工作的同時，一疊又一疊追加快樂，喜悅占據孩子的內心，幾乎是從開始到結束都歡樂的維持一張陽光不滅的笑容，且這笑臉具有渲染周圍他人情緒的魔力。

每當駱以安撿到乾柴，父親都會停下腳步揉揉孩子的白髮，予以更多的鼓勵，給對方更多鼓勵，「媽媽一定會很開心的，以安，我們繼續加油！」

然而父子卻因為過度專注在這件事情上面，走得離村子越來越遠，不過父親發現得快，馬上就叫住正在彎腰撿柴的孩子。

「以安，我們該回家了，再過去的話就趕不上晚餐時間了。」

「好！」

駱以安撿起乾柴轉身面向待在幾十步距離遠的父親，卻意外瞥見父親的身後有一隻靠兩腳站立的大棕熊。

他的腦子刷上一片白，不知如何是好，他連叫也叫不出來，只能抬起手，勉強地警告自己的父親。

父親察覺到自己身上有種難以言喻的沉重感，以及頭頂上一片黑鴉鴉的陰暗，當他回過身想了解怎麼一回事時，卻只剩下天旋地轉的視線，頭暈目眩瞬間衝上腦門，還有胸腔以上發出的撕裂痛楚。

駱以安看著父親被熊掌擊飛，撞上一棵杉樹的樹身，接著失去所有意識，只剩下微啟不瞑目的眼皮，與唇角滲流出來的鮮紅色。

那隻大棕熊恢復四腳著地的姿勢，一步步抬起沉重的步伐往駱以安父親的屍體走去，先嗅了幾口，接著當著孩子的面，張開滿是尖牙的血盆大口，咬碎肉體與手臂送進飢餓的肚子。

「爸、爸……爸爸！」

駱以安想接近，卻被那隻大棕熊的眼神嚇得只能後退，當熊咬起整隻手臂叼在嘴邊抬起視線時——他更膽怯的退一步，那隻大熊似乎是察覺到眼前的小孩是更可口的獵物，便往前一步，嚇得駱以安連忙轉過身，連滾帶爬離開現場。

「啊啊啊啊啊啊啊啊啊——」一路上他沒辦法接受的尖叫出聲，吼出所有唇內水份，甚至啞了聲的代替嚎啕大哭。

他不清楚自己該怎麼辦，也沒有任何想法，只能愚昧沒有方向地往前奔跑。

他只顧著前方的路線，按照腦中模糊的記憶與大略的直覺來告訴自己這條路是正確的。

幾十秒的奔跑，他能感覺到背後逼近的莫大威脅，最後他燃起一個新的想法，就是將爸爸被大棕熊襲擊的事情告訴給任何人，只不過前提是他必須在這錯綜複雜的森林裡找到出路。

跨過一條小溪，爬過上坡的草地，腦子有道聲音告訴自己已經離村落不遠了。

當他幸運地回到村子時，上氣不接下氣的趕回自家，正好望見駱以聲與媽媽待在一塊，他們倆同時轉過身看著杵在門邊的駱以安，只見他臉上滿是汗水，胸口劇烈喘著氣，沒辦法將想說的話一次說個清楚。

駱以安見到母親，他重整呼吸幾次，抖著肩，試著靠自己的力量緩和情緒。

「以安，怎麼了嗎？」母親偏著頭問。

應該是過去的記憶卻在眼前渲染開來，猶若煙火炸向天空的景色，一遍遍襲擊眼前的景物，一片具有衝擊性的影像蓋去母親與駱以聲的身影，眨眼間——只剩下父親死去的訊息與模樣深深烙印在記憶裡。

永遠都忘不掉。

「呀啊啊啊啊——我不要啊啊啊啊啊！」情緒被刺激到最高點的駱以安抱頭大叫，嚇得母親與駱以聲臉色一變，從沒見過原是開朗的孩子有這樣的反應。

當情緒漸漸穩定後，他將大棕熊的事情告訴兩人，母親不敢置信的摀住嘴，想忍著淚卻無法抑制淚水，駱以聲則是整個人愣著無法多說一句話，最後拉開椅子，丟下一句「我出門走走」，便離開屋子，任寂寞與孤單還有不美好的結局留在屋內，揮散不去。

沉默是現在最好的良藥，駱以安待在母親身邊一陣子，最後才歸納出這個想法。

當他頂著腫大泛紅的雙眼踏出家門的霎時——才發現天空已經拉下黑幕，甚至隱約能看見隱藏在幕後的輝銀散星了。

他打算到草坡給自己沉澱一段時間，卻望見躺在草坡上望著黃昏天色的駱以聲。

他正用手肘遮著雙眼，故作堅強的不讓別人看出他正在哭泣。

駱以安吞了吞口水，發現能說話的只剩下：「別哭。」

他挪動無聲腳步坐在駱以聲的身旁，對方抽著鼻水，淚水完全無法停止地滾滾滑落。

他不選擇像弟弟那樣哭泣，反倒是專注於天色的變化，因為在一天當中，他與駱以聲還有父親都特別喜歡夕陽西下的時候。

再更小的時候，父親總會帶他們來到草坡的位置欣賞即將隱沒在綠林的太陽，目睹它的火紅色澤壟罩整個森林與村落，彷彿這個世界都正在燃燒著，接著由冰冷的月影澆熄焰苗，冷卻這一切。

所以，當他看著這片夕霞，父親的燦笑模樣彷彿隱隱浮顯於其中一個角落。

回憶停止在這，他收回視線，落在靠在自己肩膀熟睡的駱以聲身上，不知不覺間，窗外的夕陽都已經沒入海平線之下，不過還沒看見銀月的身影，倒是已經看見一大把散亂的鑽石被拋到空中，綴飾黑幕。

這一切都發生得太快，原本應該是和平的日子，一個可以供他們成長的村落在轉眼間都灰飛煙滅，只剩下一地的焦黑殘骸，除此之外什麼也不剩了。

雖然能靠免費巴士抵達市區，可是他們從未到過市區，也沒有熟識的人，更不可能會有人無緣無故去幫忙一對來路不明的兄弟，加上現在肚子有些餓，能不能撐得過一天都還是未知數，想著這些的駱以安嘆口氣，心裡越加煩躁。

突然間，駱以聲突然有了動作，他離開白髮青年的肩膀，揉著沉重眼皮打起未睡飽的哈欠：「啊——我、我們到了嗎？」

「還沒。」駱以安估計還要段時間。

「我有點餓。」駱以聲撫著雖然纖瘦卻線條分明的腹部，隱隱發出咕嚕聲。

兩人身上沒有錢也沒有糧食，已經面臨飢餓的問題卻沒有辦法解決，加上嘴巴有些乾澀，幾乎是能想到的慘事都發生在他們身上，就連身上的衣服都破爛不堪，已經沒有什麼能比這些還來得慘的了。

「你們醒啦？」駕駛免費巴士的男性司機透過駕駛座的麥克風出聲，「看你們的樣子，是餓了嗎？」

「大哥你有吃的嗎？」駱以聲毫不遮掩地舉起手大聲尋問，提及食物就讓他整個人都清醒過來。

「有啊，不過只是餅乾，我先將車子靠邊。」

司機緩下車速，最後停靠在公路邊，反正這條山路上也只有這麼一輛免費巴士在行駛而已，不用擔心會有車禍發生。

司機跨離駕駛座，拎著兩包馬鈴薯洋芋片一步步走往青年們的位子，他將手上的零食丟入青年們的掌內，笑道：「現在只能吃這個將就一下，再一個鐘頭就到市區了，到時候你們就可以好好的吃一頓了。」

「謝謝大哥！」駱以聲精神飽滿地喊話，兩隻手扯開袋口，狼吞虎嚥的將大把洋芋片丟到嘴裡，那副彷彿飢餓了很久的模樣嚇得司機愣在當場。

「喂喂，不要這樣子吃，這樣子會消化不良的。」司機發現白髮青年倒沒像黑髮青年那樣，只是捧著洋芋片的包裝袋，沒有將其撕開果腹。

司機困惑這對兄弟的反應：「怎麼了？不餓嗎？」

「謝謝。」駱以安抬起視線，頷首道謝，這讓司機看見這青年有著罕見的白髮絲與有些空洞無神的白瞳。

「不客氣啦，你們就先填一下肚子，我也可以來吃一下我的零食了。」司機回到駕駛座扯開一包洋芋片，用手指夾起幾片，丟到嘴裡享受馬鈴薯烘焙的味道。

駱以安也扯開包裝，一片片用慢動作的速度在吃，才吃不到五片，猛嗑的駱以聲已經完全不浪費地將洋芋片吃得一乾二淨。

「啊——好滿足。」只是這麼一包當然無法滿足駱以聲，他舔了舔唇，滿臉饞樣的望著身旁的白髮青年。

駱以安見狀，馬上讓出手中的洋芋片說道：「一起吃吧。」

「謝謝哥！」

五分鐘的休息時間就在彼此分享洋芋片的時間中結束，司機恢復少許體力，大聲吆喝道：「那我們出發囉！」

「好！」駱以聲應道，為了即將到達的熱鬧市區而雀躍不已。

引擎重新運作，宛如猛獸低鳴的磨牙聲從輪胎轉磨地面的位置發出，車子一個震動，又重新駛上道路，為了讓這一個鐘頭不要過得枯燥乏味，司機使用了車上的麥克風與青年們遠距離交談。

「你們來自哪個村落啊？」

「莫拉。」駱以聲應道：「只是現在已經回不去了。」

「回不去是什麼意思？」

沉默了幾秒，駱以安看向身邊的黑髮青年，可以看出對方正在消化剛才那句話，幾秒後，他繼續說：「因為那裡被流氓攻擊了，只剩下我跟我哥活下來而已。」

「對、對不起，讓你回想起那些事情。」司機道歉，讓多少陷入負面情緒的駱以聲重振作起來：「沒事的，司機大哥不用特別跟我們道歉。」

駱以安瞥視弟弟露出燦爛笑容的模樣，他明白那不過是一張面具，在外人的面前表現陽光，在面具底下卻是個愛嚎啕大哭的小孩，其實每當想起這幾天的事情，他的情緒也總是特別低落，所以根本沒有心情再去多說什麼。

「看你們的樣子是雙胞胎吧？」司機生硬的轉個話題。

「是啊，這是我哥哥，駱以安，我是弟弟，駱以聲。」

「聽你們剛講到莫拉啊，你們難道是那小有名氣的陰陽雙子？」司機前幾年經常聽同事討論『莫拉』的特殊雙胞胎，是一名黑髮與一名白髮的孩子，現在看見他們，他這才想起這已有段歷史的回憶。

「是啊！原來司機大哥知道我們。」對於這件事，他們原本都以為只是流傳在村民之間，卻沒料到連一個外地來開車的司機都能知道自己的事情，可見除了司機以外一定也有其他人知道他們的存在。

駱以安想著，或許這樣子會讓他們在抵達市區時，可以找到好心人家的支援。

他們手腳俱全，是可以工作的青年，加上過去在村落的表現，就算是扛重物的粗活也有辦法應付，雖然對市區的知識不多，但生活性質上應該是差不多的，只要能找到一份工作就能換到一頓飯菜來吃。

他已經悄悄決定好晚些抵達市區時，該從事什麼樣子的工作，相較於駱以安，駱以聲反倒跟司機聊得熱烈，反而沒有讓煩惱占據腦海，而是想到什麼就說些，藉此消磨無趣的搭車時間。

美麗的景色消退，車窗外是一片黑暗。

「叭——」突如其來的刺耳喇叭聲貫徹整個車內，將耳內的安寧瓦碎成片狀。

司機猛地踩下煞車，卻發現已經來不及，只能眼睜睜撞上前方的物體。

駱以安與駱以聲從椅背勉強探出頭，望見白光所映照的前方公路，空無一物的路上突然跳出一隻比車還大的巨大黑影，黑影有著近似貓咪的輪廓，四腳著地側過臉望著撞上自己的巴士。

面對這狀況，司機強裝冷靜的轉繞方向盤，大聲朝後頭呼道：「護住頭！別抬起來——」

語畢，車子不偏不倚的迎頭撞上巨大黑貓的身側，車身頓時失去平衡與抓地力，迅速地在原地打圈，接著飛旋撞出公路邊的鐵欄，衝入下坡。

天旋地轉與猛烈劇晃綜合在一塊，兩兄弟護著頭，屏著氣去承受這一切，然而全身肌肉因為受到強烈的壓迫，而發出陣陣的劇痛。

車子中途似乎撞上一顆石頭，車窗受到擠壓，往青年們的座椅襲來，所幸衝擊的力道不大，變形的座椅在駱以聲耳前十公分停下，兩兄弟算是逃過一劫。

車體在轉了二十多圈後，終於停止。

三人都失去意識，只剩下還處在公路上的巨形黑貓發出刺耳的貓鳴，隨即跳躍離開，融入夜色中。

不知道睡了多久，沒有依據、沒有方向，只能自己在腦中滴答滴答的計算已經流逝過的秒數，最後發現這只會讓大腦更加混亂，於是駱以安停止這項無意義的事，他一個人在伸手不見五指漆黑的環境，沒有以聲、司機，也不在剛才變形扭曲的巴士內。

他壓按胸口，發現有些疼，不過沒有明顯血塊與傷口，只是五指輕貼肌膚時，能感覺到壓迫的痛楚，讓人嚐到一次後便不敢再嚐試。

他不是個自討苦吃的人，索性鬆手並四處張望現況。

駱以安開始憑直覺選定一個方向邁進。

沿途沒有風景可看、也沒有人聲交談，只剩下體內那顆躁動的心證明自己此刻還活著。

他回想剛才的狀況，就在短短十幾秒之內，從座椅背後探出頭時瞥見那隻黑貓的赤色眸珠，雖然那是跟一般貓沒什麼差異性的外表，但他卻能從視線的交換中，感覺到似曾相識的感受，就像自己的身體早已明白彼此的存在一樣，不過記憶——卻讓他否認這一切。

那隻黑貓比起巴士還來得巨大，這個世界上是不可能存在這種東西的。

肯定是看走眼了吧，駱以安這麼想著。

剎那間，眼前綿延的幽暗從一角亮起微微光暈，它照映在漆黑冰冷的環境，擊碎黑幕。

駱以安見狀拔足狂奔，絲毫不感覺疲累的迅速接近那塊亮光，直到全身都被包覆在微光中，等到他回過意識來，映入眼簾的是白皙的天花板與刺眼的日光燈。

他的眼睛霎時無法習慣光亮，下意識微抬起手來遮住光，這下發現自己的手臂被插了管線，這時他更發現身體疲軟無力，沒辦法憑大腦意識動作，最後只能垂手在床邊，維持仰首的姿勢去適應強光的照射。

他有些吃力的轉動頭部，望見隔一個步道的病床上面躺的是黑髮青年，對方也與自己一樣插滿管線，除了病床還能看見一些機械儀器，不過對這些都不了解的駱以安想不透那究竟是什麼東西。

清醒的他朝對方喚了聲：「以聲。」

但沒得到回應，對方還在自己的漆黑中尋找出路。

喊了一聲便放棄的駱以安聽見有規律的腳步聲接近，他扭過頭，看見大門在幾秒後被人開啟。

進屋的是一名身穿黑色套裝的高挑女性，見到他清醒，有些詫異地說：「原來你醒了！還好嗎？」女性拉了一張板凳坐在白髮青年的病床邊，「幸好我們即時發現你們，不然你們現在大概保不住一條小命。」

「這裡……是？」待在這，駱以安感覺就像關在牢籠的小動物。

「別緊張，這裡叫做醫院，是專門醫治你們的地方。」女子從西裝口袋取出一張名片交到青年的手裡，「我也不是什麼怪人，我是杉日月事務所的巡影者，叫我貝娜就可以了。」

「貝娜？」他盯著名片上的名字，一旁印有這位女性的全名還有張四吋的大頭貼照片，以及聯絡電話。

「大家都這麼叫我，所以你也這麼叫我就好，而且這樣子可以讓我覺得我還年輕個十歲呢。」女性盈盈微笑。

她起身離開病床邊，走至窗戶拉下百葉窗，「別緊張，這不是什麼暗著來的手段，我們只是有些事情想問你們。駱以安還有你弟弟，駱以聲。」

第三章 臺北城

後來，兩人接受了長達一個禮拜的『知識補充』，漸漸了解周遭的環境以及現今流行用語。

同時學習簡單的金錢概念與行為交易等等……從一個純樸的鄉下小孩努力變成一個融入都市生活的新鮮人類。

經過一個禮拜後，兩兄弟終於獲得出院許可，事務所派來一輛黑色轎車，載著兩兄弟離開醫院。

他們被安排乘坐在黑色加長禮車的後座，兩名青年坐在一起，面向兩人的，是一位窈窕女子。

對方仍是一身黑色套裝，盤起的長髮用作工精美的銀針固定住。

「這幾天在醫院過得還好吧？」女性關心的開口，畢竟因為工作的關係，她沒辦法天天去探視青年們。

「醫院都給我們難吃的食物，天啊！我都不想回想那到底是不是餿水了！」

黑髮青年一開口就是抱怨，惹得貝娜忍不住輕笑，「那是醫院特有的營養餐，雖然難吃了一點，可是可以幫助你們早早恢復傷口跟體力喔！」

「貝娜說得很對。」懂事的駱以安反而不覺得那些食物有那麼誇張。

「那我們現在要去哪裡？」從車窗外看不到任何樂趣的駱以聲偏頭詢問，雙手環胸的貝娜覷了眼車窗外的黑景，答道：「我們要回事務所去，從今天起，你們也算是我們的精良巡影者之一了。」

「巡影者？」駱以安眨眨眼，嗓音充滿困惑。

「上次有跟你們介紹過事務所的形式，這個世界不是你們想像得那麼純潔，有著格外醜陋的一面。來自鄉下的你們想必沒辦法很快適應繁榮都市，因為你們是第一次來到『臺北』，所以才會由我陪在你們身邊。」

貝娜頓了頓，接著道：「基本上我們的單位名稱叫做巡影者，只不過巡影者是對外的稱呼，主要負責的任務就是獵捕影獸避免牠們任意傷害他人。我們之所以知道影獸的事，是因為過去曾有對雙子現身，但他們後來不幸反被影子反噬，所以我們才會藉此成立這樣的事務所，當然，除了我們以外，市面上也有其他事務所的存在。」

「所以說，影獸的存在並不是一個祕密囉？甚至很常出現？」駱以聲想了解更多，忍不住便舉手發問。

貝娜頷首，露出精湛的微笑，「是啊，只不過所有的事務所都歸政府機構管轄，我剛不是說過曾經有對雙子嗎？」

兩人點頭，貝娜則是繼續說：「那大概是最古老的年代，在事務所成立以前，傳說是他們向政府提出事務所的存在必要，希望藉此保障人類安全。

畢竟，光靠雙子的力量沒辦法保障這世界上八十幾億的人口，所以才會有『巡影者』與『事務所』的出現。」

見兩兄弟聽得認真，貝娜也說得起勁。

「影獸來自我們平凡人類腳底下的影子，你們現在看得見我腳下影子的顏色吧？」

應該要融入車內陰影的黑影，在兩兄弟的眼裡卻看到一致的翠綠色，駱以聲不禁揚眉，「是翡翠的綠色。」

「嗯，那代表我現在心情很平靜，不過當一般人的情緒越來越低落，超過一個負荷值的時候，影獸就會跳脫出來，並且失控的以影子為食。」

貝娜在前些日子就有先告訴過他們的使命，確認他們並未因此反感後這才繼續說道：「所以我需要你們那對眼睛，去幫我們找出情緒低落的平凡人，予以協助，阻止影獸的誕生。」

不過不是每次都這麼順利，總之，這就是大略的任務方向了。」

「那我們要住哪呢？」駱以聲再度舉起手發問。

「事務所會幫你們準備房間，基本上所有的巡影者都是兩人一間，所以你們不用擔心。」

號誌燈轉紅，車子也緩緩停了下來。

駱以安想起巴士的那次事件，跟醒來之後與貝娜的對談，得知巴士的司機在翻車的途中被扯斷上下半身，就算想救也沒能救出。

而他們會得救，也是因為附近正巧有追捕影獸的巡影者，才能及時發現翻車到山下的巴士，並緊急派遣支援，救出困在車內失去意識的雙胞胎。

當眾人把兩個孩子抱出車外，這才發現他們的獨特外貌與過去合作過的雙子是類似的存在。

雖然不能百分百的保證，但負責下達命令的指揮官認為這是一個機會，並且下令無論使用多少經費都要救活這對雙胞胎。

過了三十分鐘的車程，黑色轎車關掉引擎，負責駕駛的司機側過臉看向後座的三人，「已經到了。」

「歡迎來到你們的新家。」貝娜推開車門，寬大的杉日月招牌映入青年們的眼底，她敞開手，鄭重介紹：「杉日月事務所。」

眼前是棟宏偉，多達十層樓高度的大樓，樓層的最上端橫擺著「杉日月事務所」六個大字，貝娜帶著兩人走過事務所前的磁磚空地，一旁的出入口有個立牌，分別介紹各樓層的事務性質，讓來訪的客戶可以用最快的速度找到自己想諮詢的部門。

走過兩扇玻璃門，坐在櫃臺後的女員工抬起頭，視線放在跟在貝娜身後的兩位青年，那名女性的瞳孔瞬間散發出窺視到獵物般的銳利眼神，輕輕開口：「這就是最近公司一直都在流傳的迷人雙胞胎嗎？」

「是啊！白髮那個是哥哥，黑髮是弟弟，先原諒我沒辦法久留，我還要趕時間帶他們去找司令。」

「貝娜！司令現在在七樓喔，好像在跟其他巡影者討論事情，所以到七樓就可以了。」女員工不忘朝青年們揮手道別，相較於駱以聲樂在享受眼前的景色，駱以安則是為此感到一陣不舒服。

站在電梯前，駱以安察覺到這裡有不少民眾，放眼望去的影子顏色都相當平靜，這種情形讓他忍不住發問：「這裡不是很隱密的機構嗎？怎麼有這麼多人。」

「在一般民眾眼裡這裡是辦公大樓，有醫療中心、也有辦公室，其實這都只是對外的障眼法而已，這公司的核心就是『巡影者』聚集的組織，目的都是為了消滅影獸，但為了讓外人不發現這一點，我們很努力在喬裝公司的外皮，盡可能偽裝成跟外面的一般辦公大樓一樣。」貝娜笑著解釋。

電梯「叮」地一聲朝左右退開門扉，三人悠悠進入後，貝娜按了數字七的按鈕。

第二次搭乘電梯的他們感到相當新奇，駱以聲像個過動的孩子，不時對自己感覺有趣的景色發出讚嘆的聲音，貝娜沒有多說什麼，只是偶爾會覺得這對雙胞胎的個性比起過去配合過的雙子還來得特別。

抵達七樓的三人走過一條長廊，駐足在一扇玻璃門前，貝娜拉著玻璃門上的銀製把手，讓兩人率先進入明亮的會議室。

會議室內只有一張長桌及一面白板，長桌左右各有十張椅子，不過現在只有三人在裡頭坐著討論事情。

因為青年們與貝娜的出現，三人的談話暫時被中斷。

「司令，我將他們帶來了。」貝娜把手指貼在眉尾做出軍式敬禮的動作。

「人平安到了就好，你們坐一下吧。」司令是名年約五十歲的男子，他讓雙胞胎坐下後，瞥見貝娜還站在原地，便補充道：「貝娜也坐下來休息一下吧。」

「這麼晚還要你們上來，我自己也覺得有點不好意思，稍微讓你們認識一下組織內的人，就會讓你們去休息。」

司令坐在長桌的前端，兩側各坐著一名不苟言笑的男子。

「你們就是司令前幾天跟我們說到的雙子吧？真的沒料到現在還能再找到雙子，我是負責管理所有巡影者的隊長，我叫楊孟樂，叫我阿樂就可以了。」

說話的楊孟樂一頭濃密黑髮往上抓豎，配戴矯正視力的細框眼鏡，若有所思的打量著青年們。

「我是詹勝安，你們可以叫我阿勝，然後不用這麼緊張啦！」詹勝安拍了拍坐在身旁的駱以安，繼續自我介紹：「我是輔助阿樂隊長管理巡影者的副隊長。」

司令雙手撐著桌面退開椅子站起，「我是管理整個杉日月事務所的最高行政官，劉彥宏，我相信你們在這一定會非常愉快。」

「謝謝你們。」駱以安突然插出一句，「願意收留我們。」

從莫拉離開之後的駱以安對未來本來就沒有太大的期望，在這人生地不熟的環境說要融入也不是馬上就能辦到的事情，加上那時候的身體狀況並非良好，又得考慮到現實的食衣住行問題，在沒有任何親人幫助的前提下，他覺得自己跟弟弟根本就是要被這個世界淘汰的物種。

「不用客氣。」劉彥宏望向坐在駱以聲後方的貝娜，「貝娜，幫我帶他們去房間吧，都已經打掃好了。」

「知道了！」

貝娜站起身，領著兩個孩子走出去。

一見三人離開，劉彥宏轉身又扯回剛才被打斷的話題，「所以，這件事情刻不容緩吧？」

「是有必要調查一下，但我們需要雙胞胎的能力，不然沒辦法進行下一個步驟。」楊孟樂推了眼鏡，輕嘆一口氣：「從沒料到這會發生在我們自家的事務所裡面。」

「這種事情本來就很難說呀，等調查結果完全確定了再來想這些吧。」詹勝安雙手扣在後腦勺，搖起椅子不讓自己陷入太過鬱悶的氛圍。

此時，貝娜帶領著青年們來到房間，寬敞的房內有一間浴室跟兩張單人床，牆上還有一扇窗戶，地板上鋪著耐磨木質地板，是一間採光優良的房間。

「在明天我來之前，希望你們先不要外出，因你們對這裡環境還不熟，我怕你們迷路就糟了。」貝娜說完便指著兩張床之間的床頭矮桌，上面有一只溫水瓶，「如果口渴可以從溫水瓶倒出水喝，這應該沒什麼難的吧？就跟在醫院學習的事情是一樣的。」

見兩兄弟沒有露出疑惑的表情，她才接著叮嚀。

「然後這裡有浴室，這是電視，無聊可以按這個鈕就會有畫面跑出來了，再按一次就關閉了。」貝娜對著正興奮把玩手中的遙控器兩兄弟說道，「基本上就這樣，乖乖待在房間裡吧，晚安。」貝娜說完便關上房門，留雙胞胎待在房內盡情玩耍。

「哥，你覺得怎麼樣呢？」黑髮青年坐在床沿，晃起腳興奮地詢問。

「總算是達到目標了。」他的意思是抵達市區這個目標，駱以聲則是笑嘻嘻回應道：「對啊！我們這樣也算是進入市區了，我們遇到了一群好人呢！」

駱以聲往後仰躺在軟綿的床上，仰視天花板，「不過這一切好像來得太快了耶，大家都說我們有能力看出別人腳底下影子的顏色，這種事情我真的不敢相信，可是卻真的發生了，以前明明沒有這樣子過呀……」

駱以安有些不安的預感，無預警的想起過去在莫拉森林中的那場意外，面對狼群的威嚇，自己過度的懦弱與害怕，意外激發了異於常人的力量殺光所有野生狼群。

不過在村落遇到歹徒的記憶，兩兄弟不論怎麼細想都沒辦法撥開遮屏畫面的朦朧煙霧，沒辦法仔細了解當時究竟發生了什麼事情，只記得自己醒來之後，整個村子已經淪陷，沒有任何倖存者。

他們的體內，似乎有什麼悄悄轉變了。

「早點睡吧。」駱以安放棄胡思亂想的爬上床。

黑髮青年也同樣的跳進溫暖的被窩中，「也是，晚安囉。」

比起粗神經的弟弟一沾床便馬上入睡，容易陷入自我思考的駱以安則沒辦法那麼容易入眠，他閉目養神，卻總是在一片漆黑中的腦海閃過不少零星畫面，明明告訴自己不要去細想這些，應該好好放鬆的睡上一覺，身體卻不聽使喚，像是跑馬燈播出無數畫面，消耗他僅存不多的體力。

一直到深夜，他才在極度的疲憊中不知不覺的睡去。

隔天一早，兩兄弟都被貝娜的敲門聲喚醒。

他們對環境還不是完全熟悉，只好乖乖跟在女子的身後走進電梯，一路上駱以聲忍不住體內的躁動大喊，「我好餓、我好餓喔！」

「我這不就要帶你們去吃早餐嗎？忍著點。」電梯的速度飛快，但對一個過度挨餓的人來說是漫長的路程。

貝娜領著他們到事務所的三樓，這邊是與七樓的格局完全不同的環境。

採光性十足的多扇窗戶映進無數道金絲光輝，照耀得整個空間都浸染成金橙色，添了幾分奢華。

不過對駱以安與駱以聲來說，他們對『富麗堂皇』還沒有更深的見解，只懂得瞠目結舌地在心底驚豔。

這是個寬敞至極，沒有任何雜物，只有長桌與鐵椅為主的食堂，在靠近電梯這一面的牆，則有著選取食物的吧臺，貝娜細心替兩人解釋：「這邊的食物會依三餐而有所變化，現在是早餐時間，臺上有很多種食物可以讓你們選擇。」

駱以聲拿起軟綿綿的三角食物，「這是什麼東西啊？能吃嗎？」

「那叫三明治，可以吃。」貝娜不意外這兩人對現代生活的知識還不夠完善，現在能做的，也只能輔佐這對兄弟在短時間之內適應事務所的存在與他們自己該做的使命，能做到這些她就阿彌陀佛了。

「我剛也說了這是早餐，所以你們中午過來的時候會有別的菜色，晚上也有，基本上這邊只提供到晚上七點，七點過後如果想要再吃東西就要去外面買。」貝娜也取走一個三明治跟現煮熱紅茶走至櫃臺結帳。

駱以安對眼前琳瑯滿目的早餐有些猶豫不決，不像自己的弟弟沒幾下就帶著早餐閃去櫃臺。白眸掃視著眼前這些食物，內心有些天人交戰，自然沒注意到從電梯處走來的腳步，突然，那人啪地一聲，把手搭上他的肩膀，嚇了駱以安一大跳。

「看你在前面發呆這麼久，還以為你睡著了。」

駱以安認得眼前這個人，他是詹勝安。

詹勝安毫不猶豫的拿走裝有蘿蔔糕的紙盒，笑著打量駱以安，「怎麼？還不知道吃什麼嗎？」

「好多。」駱以安從沒見過這麼多的食物，甚至有一半都是沒見過的東西，好不好吃也不知道。

「既然是新人，就吃這個吧。」詹勝安塞給他灑了紅色醬料的蘿蔔糕，「這可是很好吃的東西，這個紅色的呢就叫做——啊！不管啦，反正很好吃就對了，我先走了。」

既然對方都塞到自己手裡了，他自然不好意思放回去，只是他對這一切都太陌生，膽戰心驚的像隻小貓走到櫃臺，才發現貝娜與駱以聲都站在櫃臺旁邊等著他。

「好慢喔——我都快餓死了！」駱以聲已經忍不住把透明塑膠袋給撕下來，開始狼吞虎嚥起來。

「在這個地方付錢才能把食物帶到位置上吃喔，這次我先幫你們墊，晚點劉彥宏或者會計就會撥一筆薪水先給你們使用。」

貝娜帶著早餐與兩青年走往一張沒人使用的長桌，只是三人才剛落坐，一陣如群牛奔跑般的雜沓腳步聲便傳進用餐區，嚇得所有人都停下動作。

「貝娜——」跑進來的，是一名跟貝娜身穿同款套裝，留有一頭烏黑亮麗的長髮、精瘦瓜子臉的女子。

她雙手撐上餐桌，氣喘吁吁地開口：「新來的同事，他們在哪？」

「就他們啊！」貝娜指指身旁的兩名青年。

「哇啊！」女子尖叫一聲，嚇得兩人抖了抖肩膀，她兩隻手分別搭上駱以安與駱以聲的肩膀，熱情地自我介紹：「我是黑卣，你們可以叫我黑黑也可以叫我小黑，很高興認識你們兩位美青年！你們叫什麼名字？」

黑卣用力揉著兩青年的肩膀，一面興奮地追問：「說嘛、說嘛、不要裝酷啦！」

「唉，白髮那個是哥哥，叫做駱以安、黑髮那個是弟弟，叫做駱以聲，妳不是有資料嗎？」

貝娜看不下去，出聲替他們解圍，說完才想起來，從救起他們之後就有分發資料給一些巡影者，黑卣怎麼會不知道？

黑卣聞言嘿嘿一笑，終於停止摧殘兩兄弟的動作，「我只是想聽聽他們的聲音而已。」

「喂——黑黑，我們還要上工，趕快回辦公室啦，不然等等被司令看到就要挨罵了！」電梯裡還站著另外一名成熟女子，正大聲呼喚黑卣。

黑卣看無法繼續搭訕，只能垂頭喪氣的轉過身接受事實，「知道了啦……早知道早餐就不要吃這麼快了。」

貝娜見青年們嚇呆了，只能盡力安撫，「習慣就好，這就是事務所的氣氛。趕快吃吧，等等就要上工了。」

貝娜撕開透明塑膠袋咬了三明治一口，兩兄弟也紛紛把自己的早餐送進嘴裡。

「哇啊！」駱以安瞬間大喊出聲，脹紅著臉拚命吐舌，「好辣、好辣、好辣、好辣！」

「哈哈哈哈哈哈——上當了！」見駱以安的反應，遠處傳來豪邁的笑聲，詹勝安與楊孟樂兩人坐在一桌，相較楊孟樂努力憋笑，詹勝安反而毫無忌憚的大笑出聲。

「以安，趕快喝點水！」

貝娜遞給手忙腳亂的駱以安一瓶礦泉水，同時冷眼斜了遠處的詹勝安，令對方迅速收起大笑默默吃起早餐。

駱以聲頭一次看見哥哥有這種反應，有點傻眼的開口：「還好吧？」

喝了口水，嘴中的辣度終於緩和下來，但是嘴唇腫得像根臘腸一樣的駱以安，幾乎不敢再碰眼前的蘿蔔糕，心想這頓早餐算是泡湯了，只能怪自己不懂才吃虧。

駱以聲讓出吃了一半的三明治，遞到駱以安的面前，「吃吧，就當作還你上次給我吃的洋芋片。」

「謝謝。」他接過弟弟的三明治，毫不猶豫地咬了一大口。

「真是的，他們都很喜歡這樣欺負新人，我只能說……習慣就好。」

對這種惡作劇，貝娜無可奈何，一方面卻也有點壞心的認為有趣，所以內心多少是矛盾的。

早餐吃完之後，貝娜帶著兩人到四樓。

一眼望去，整個牆面是一排玻璃門，門一推開便是偌大的階梯式會議室，每一階都配有一長桌與數十個位置，每個位置上也放置著電腦與鍵盤，兩兄弟之所以會認得這些東西，也是貝娜在來的路上事先對他們說明過。

在階梯的最底部有著一片寬敞的空間，接著是一面巨大的螢幕涵蓋高達四層樓的面積，兩人對這個會議室簡直嘆為觀止，忍不住呆立在玻璃門前不敢移動腳步。

貝娜見狀，不禁笑了起來，「這邊就是我們所謂的偵查室，專門用來定位發生影之力反應的人，一旦有平凡人的情緒遭到負面侵蝕，引起影獸的誕生時，我們可以在最快的時間內查出位置並且派人到場解決。」

「那我們的工作到底是什麼啊？」駱以聲搔搔頭，有點不喜歡這環境的機械運作聲。

「你們的能力可以看出影子顏色，我們需要的就是雙子的這份力量，來幫我們阻止影獸的誕生。」貝娜說到一半，就被底下一名女性的呼喊打斷，她回應對方的揮手後才繼續說道：「當然你們也具有戰鬥的能力，過去的每一對雙子都具有這些力量，我相信你們的身上也有。」

「跟影獸戰鬥……」駱以安低語呢喃，腦海好像有些畫面穿插閃過，可惜來不及捕捉。

「怎麼了？」貝娜見他臉色不對，忍不住關心的詢問。

「沒事。」駱以安搖頭。

既然駱以安說沒事，貝娜只能偷偷掛念在心上，因為當下最要緊的是繼續向他們解說：「我們針對全臺都有進行布網，不過——有趣的事情就在於，大部分會產生影獸的地區都是在臺北居多。」

「因為人口數嗎？」駱以安還記得在醫院的那一個星期有稍微得到一些資訊。

貝娜讚許地笑道：「對，就是人口數，因為人數多，人與人之間一旦接觸變多了，想法也會變得繁複，而這些都有可能造成腳底影子的顏色越來越冷，相對的，產生出影獸的機率也大。」

「我、我我我有問題！」駱以聲突然舉手大聲嚷嚷，「那我們該怎麼擊潰影獸？」

「我們巡影者的隊伍有研發出一套武器可以應付影獸，不過論真正能與之抗衡的也就只有雙子的力量了。」貝娜換口氣繼續說：「基本上你們怎麼戰鬥各有自己的方法，大概就是所謂的無師自通吧，我也說不上來。」

「我覺得我還是有聽沒有懂。」駱以聲面露疑惑，「那我們現在要做什麼？」

「現階段是讓你們更加迅速的認識這裡。」

擔當助教身分的貝娜轉身離開偵查室，落下一句：「來吧。」便準備前往其他樓層。

由於大部分的新進成員都是由她一手訓練，所以她總是忍不住就用制式化的口氣來介紹中心的一切。

貝娜帶青年們走過其他樓層，並一一介紹每一層樓的特色，除了目前已知道的餐廳、偵查室、會議室外還有之前介紹的醫療中心與諮詢中心。

「人類都不會發現嗎？」走過幾個地方後，駱以安面向著從外而來的一般民眾，不禁這麼問。

貝娜按下電梯的樓層，笑著回答：「不會，因為我們搭的電梯跟一般民眾搭的不一樣，所以他們不會發現。」

「原來沒有開放給一般民眾啊！」駱以聲終於聽懂了，「貝娜姐說要我們殲滅影獸，這麼說起來，影獸就是對人類的最高機密吧？」

「當然了，影獸對人類來說是致命的存在，人類對牠來說則是一種糧食，若是讓影獸生活在這個世界上，總有一天人類會滅絕的。」

「現在人類的認知裡沒有影獸的存在，你們可以試想看看，若是讓人類知道影獸的存在，最後會變成什麼樣子呢？」

「互不信任導致的互相殘殺？」

駱以安的答案令貝娜相當滿意，於是她又拋出第二個問題，「那你覺得這是為什麼呢？」

他瞄向眼前女子腳下的影子開口：「因為影獸從人類的影子誕生，是吧。」

這句話聽起來一點也不像是疑問句，而是他對自己相當自信的肯定句。

貝娜聞言，對頭腦聰明、性子沉穩冷靜的駱以安又更加欣賞，「你說得一點也沒錯。」

電梯停靠在五樓的位置，貝娜率先走出，後方跟著雙胞胎。

對兩人來說，眼前的格局都跟先前的樓層一樣寬闊，寬敞的走廊就算三人並肩行走都還綽綽有餘。

走道上有幾扇木製的大門，門把上是傳統的喇叭鎖。

貝娜帶著兩人來到傳統雙開檜木大門前，門板上有精細的雕刻，聽完貝娜的介紹，兩兄弟才得知這是從中國大陸那邊流傳過來的雕刻技術。

「這邊是圖書室，有開放給一般民眾，不過他們是搭另外的電梯上來這邊就是了。」她輕推開門，進入前小聲叮嚀兩兄弟：「在圖書館裡面要保持安靜，就算交談也必須放低音量，絕對不能有噪音出現。」

「所以——」駱以聲高聲反問，一下就破壞了規矩。

貝娜連忙遮住他的嘴，「噓——我剛不是說要安靜嗎？待在這種公共場合，你們必須學習如何去尊重其他人，好嗎？」
青年們只能點頭，雙唇像被上了拉鍊，緊緊閉上嘴。
一進到圖書館，兩人眼睛為之一亮，因為他們從沒見過這麼多本書同時放在一個空間，尤其是這裡還有依類別分類，種類豐富到讓他們的眼睛捨不得眨眼。
不過貝娜馬上就發現他們對於書封上的文字，有大半都讀不出音，她這才赫然發現他們不認識字，儘管擁有口語交談的能力卻喪失人類最基本的技能。
她暗暗心想，看來有必要先幫他們安排學習中文，這也是她頭一次意識到竟然會有如此『原始』的雙子存在。
靜不下來的駱以聲忍不住亢奮的情緒，從哥哥的身邊移動到背向他們的貝娜，他的唇瓣貼向她的耳骨，呼出的冷空氣令她背脊發寒，要不是這裡是靜音場所，否則她早就不客氣的將對方掐喉制地。
「怎麼了？」她壓下聲量，吐出薄弱的氣音。
「這些書可以帶回房間嗎？有一些我很喜歡。」
貝娜有些訝異駱以聲會有看書的興趣，若是駱以安的話她並不會意外，平日總是活潑外向的駱以聲會主動閱讀，實在讓人很難信服。
但她還是點點頭，「可以，等這幾天司令給你們巡影者證照的時候，就可以借閱這邊的書回去看，但是圖書館有規定還書日期，所以一定要遵守。」

「謝謝！」駱以聲輕聲道謝，回到白髮青年的身邊，與他分享剛才得到的消息。

貝娜趁這時偷偷瞄向兩兄弟的修長背影，難以置信這對跟普通青少年沒什麼兩樣的青年，會是人類未來的救星。

過去曾配合事務所的雙子都是頗有年紀的成年人，這印象導致她有種不可思議的感覺纏繞在心頭。

只不過她隨即拋開這念頭，因為想太多也沒用，總之能遇見雙子是一種運氣，未來他們將協助制止影獸出沒，這對整個社會來說也是一大福音。

貝娜讓青年們待在圖書館一陣子後，下午的時間原本打算開車帶他們去臺北的街上認識一下環境，卻不料在一樓櫃臺處巧遇黑卣。

她有一頭亮麗的墨絲長髮，瀏海向上用髮夾固定，露出光潔的雪白額頭。

「黑卣？」貝娜叫出對方的名字，有點意外對方這時居然在此。

「貝——娜！」黑卣一見她，忍不住想一撲而上，卻不慎遭到對方的制止。

貝娜冷著眼喝止黑卣的接近，「不用每次都給我這麼熱情的擁抱，話說回來，妳這時間不是應該在偵查室嗎？」

「金絲雀願意幫我處理一下事情，因為剛才司令來找我們，要我把這個交給雙子。」黑卣從口袋掏出兩個牛皮紙袋交到青年的手裡。

「我剛才跟他們講完證照的事情，原來這麼快就發下來了。」貝娜已經猜到牛皮紙袋裡面的東西，對於上頭的效率感到驚訝。

「是可以借書的那個證照嗎？」駱以聲已經等不及的拆開信封，倒出裡面的東西。躺在手掌上的是一只冰冷的金屬名牌，上面雖然沒有大頭照，卻有打上青年的姓名，除此之外，還有一個額外的東西讓寡言的駱以安驚喜出聲：「這是……」

「薪水。」貝娜解釋：「之前在醫院有跟你們講過金錢的概念吧？就是這個，在人類的生活裡面，所有交易都需要錢。」

「司令已經替你們先預支薪水，這樣也好，不然我這個月還真有點吃緊呢。」貝娜鬆口氣，繼續補充道：「薪水的部分，我們是以影獸為數量單位來統計，也就是說越有效率的完成任務，你們的薪水就會越多。只不過，薪水並不是我們公司付給員工，而是從政府那邊得來的報酬，因為像我們這種神祕機構是歸政府管轄的，還記得我說過的吧？在沒有事務所之前，第一任雙子有跟政府談到這方面的事，才讓擁有消滅影獸能力的事務所存在於人類的生活圈裡面。

畢竟，雙子的力量有限，沒有辦法一口氣照料到全球人類的影子，所以才需要在其他的大陸也建立這樣子的存在。」

黑卣聞言有些想發笑，「那都只是傳說，是不是真的還有待考證，我記得我有翻到一本關於傳說的書，後面還真的給我標記純屬虛構，讓我翻白眼差點把那本書給燒了，浪費我花一個月的時間用心讀它！」

貝娜也笑了，隨即又像是想到什麼，「既然證件到手，也等於你們已經是事務所的正式一員，希望你們要做好覺悟。」貝娜叮嚀完，忽然想到還沒替他們打扮，接著提議道：「正好，既然薪水到手，我帶你們去買些衣服如何？」

「公司規定的穿著是白襯衫黑褲子，不過雙子的話就沒有硬性的規定，加上你們這身破破爛爛的衣服也都穿了好幾天了不是嗎？」

雖然她沒有從兩人身上聞到惡臭，不過光看衣服的皺褶就讓人不太有想親近的念頭。

但黑卣卻完全無視這點，熱情的湊在兩人的身邊，「那些都只是外表，我們要看的是內在——」

「內在個頭！我要帶他們去買衣服了，妳也趕快回去偵查室吧，有什麼狀況再聯繫我。」

她拽著青年快步脫離黑卣的魔掌，以免他們提早精神崩潰，畢竟雙子也是普通人，頂多擁有特別的能力罷了。

第四章 親情之聲

開車出遊這件事，又讓兩兄弟感受到前所未有的新鮮。過去的村落裡，他們的生活很簡單、規律，每天的日子都一成不變，所以初來乍到這個大都市的他們多少還是有些陌生感，沒辦法像其他人那樣完全融入都市生活。

雖然常常感覺到不自在，不過這不影響他們想認識這個世界的求知慾，只不過一有問題，往往發問的是駱以聲，駱以安則永遠是安靜的那個。

貝娜開著巡影者專用的黑色轎車帶他們抵達五分埔，接近黃昏的時間，已經讓這裡有不少攤位開始營業。

「天啊！好多衣服喔——」駱以聲發出讚嘆。

貝娜握著方向盤正在找尋停車位，一邊分心介紹：「這邊算是以衣服為主的商圈，在這裡可以挖到不少便宜又好看的衣服，對時下的年輕人來說是一個不錯的購物天堂。」

花上幾分鐘終於找到一個停車位，她帶著青年們走進商圈，開始購物行程。

由於時間越晚人潮越多的影響，他們開始有些寸步難行，不過讓整個購物行程受到影響的不全然是人潮，而是在駱以安身上。

因為越來越多人對他的白髮投以關注，染髮是所有追流行的人都會嘗試的行為，不過到目前為止，還沒有見過雙瞳呈現灰白的青年，尤其全身上下從頭到腳也是一致的白，這讓駱以安在人群完全鮮明閃耀起來。

但這也引來不少路人與店家的指指點點，讓他有些尷尬。
相較起來，駱以聲則完全沒有被注意到，因為黑髮黑眼是正常東方人的基因，所以一般民眾根本看不出他有什麼不同。
正因如此，駱以安不時朝弟弟拋去求救的眼神，後者卻是完全無能為力。
貝娜帶他們來到一間男性潮流衣服的店面外頭，面對大批時髦衣物，兩兄弟完全呈現發呆狀態。
「你們就挑自己喜歡的衣服，然後那邊有更衣室，進去把衣服換上走出來，看看合不合身這樣就好了，什麼都不要擔心，盡情試穿吧。」
她的安撫果然讓兩人內心的惶恐消退了不少，這才邁開步伐緩緩走入店內。
由於走進店內的只有他們這組客人，正忙著折衣的店員發現走進來的客人是兩名穿著破爛的孩子，臉色立即垮下。
不過這對兩人來說已經不是重點，真正的重點在於眼前那堆琳瑯滿目的衣服。
五顏六色的男性服裝讓青年們彷彿進入另外一個世界般的感到無比新奇，可是更嚴重的問題馬上接踵而來。
他們看不懂價錢。
貝娜待在外頭，不打算深入介入，她心想或許可以藉由這次的機會，讓他們更加去認識人類的生活圈，並學習應用。

駱以安對於吊牌上的價錢標示完全處於無解的狀態，即使知道可以用牛皮紙袋內的紙鈔來換東西，他還是不知道該怎麼進行。

這是他們第一次接觸到『交易』，也難怪兩人會這麼狀況外。

駱以聲也放棄矜持，走向臉色有些不悅的男性店員前，亮出牛皮紙袋內的東西說：「請問，這裡面的東西可以換這邊的衣服嗎？」

此時，站在兩人身後的駱以安瞥見店員腳底下的影子是赤色的紅，他抬頭望著對方的表情，非常輕易就能明白對方心情不悅。

店員口氣冷漠的指向另外一面，掛滿亞麻布材質的多色襯衫牆面，「你們的錢可以買那邊的所有衣服。」

腳下的影子顏色就在駱以安的觀察中，由淡化的方式變成金橙色接著轉金黃色，當他好奇的望向店員時，對方的臉上已經浮出笑容。

這原因無它，畢竟店員一開始擔憂走進來的是沒錢的乞丐，要是對方的目的是偷衣服，他可就賠不完，只是一看到青年們手中的現金後，他的心情自然就轉為安心，甚至還有點開心。

駱以安見狀也就放下擔憂，選了一件暗紅色襯衫，駱以聲則是拿了一件水藍色的襯衫。

或許是拿到薪水心安了，他們接著又各自拿了一條窄長褲，想也不想便走到櫃臺要結帳。

此時店員卻指著店內一角的兩座更衣室說道：「你們先去把衣服換上，如果尺寸沒問題再來付錢。」

遵照指令的青年們走進更衣室裡，脫下那身足以當作抹布的上衣與褲子。只是當駱以安把暗紅色的襯衫穿到身上，並換上那條新長褲，這件衣服卻在他的注目下染成雪白，猶若自己的髮色那般，甚至於連下身的卡其色長褲也全染成無暇的潔白，這一幕連他自己都瞠目結舌，一時不知道這是什麼狀況。

「啊——」

接著隔壁也發出慘叫，駱以安猛地打開門，走出來時發現對方也已經步出更衣室，駱以聲的水藍色襯衫跟褲子也莫名地全變成墨黑色，兩人面面相覷，完全無法解釋這狀況。

「我的襯衫……」駱以聲還在難過衣服變了色，比起黑色，他更喜歡剛才那件衣服。

駱以安無法給他安慰，因為自己的衣服也變了色，「我也是。」

不過從這情形看來，兩人認為就算拿了其他衣服說不定還是會變色，那倒不如先用這樣子撐過場面，如此一來也比較好融入外面的人群。

付完帳以後，他們將剩餘的紙鈔收進牛皮紙袋裡，青年們各自穿上亞麻材質的襯衫走出店面，迎向貝娜。

貝娜綻放出微笑，在內心慶幸兩人的天真沒有釀出什麼糗事，只不過她還是關切的詢問：「這就是人類的交易，怎麼樣？經過這次之後，下次自己來買衣服也不成問題了。」

「可是我們的衣服居然變色了！」

行走的路上，貝娜正準備帶他們去吃飯，卻意外聽見這件事，她詫異地望著跟在後方的青年，開口道：「什麼——這不是你們原來挑的顏色嗎？」

「當然不是！我挑的可是水藍色、哥挑了一件紅色，結果穿起來都變這樣了，這會不會是跟那什麼雙子能力有牽連？」

駱以聲想不到任何答案，只有雙子能力是目前最合邏輯的方向。

貝娜緊鎖眉心，也判斷不出為何，「或許是吧，我會把這件事情告訴司令，說不定他知道些什麼。不過這身顏色，剛好代表你們這一黑一白的特色。」

儘管現在打扮正常，但仍不減路人朝駱以安聚集的目光，每個人的眼神同樣都寫滿好奇。

正當雙子都還在懊惱這身變了色的衣服，眨眼間，身上穿著的襯衫又變回水藍與紅色，這讓駱以聲忍不住詫異地驚呼：「顏色又變回來了！」

「這、這怎麼可能！」貝娜總算是親眼看到兩人服裝顏色的變化，上一秒還是黑白，下一秒就恢復成襯衫原有的顏色。

「太棒了！是我最喜歡的水藍色——」駱以聲扯扯襯衫的領口，欣喜若狂的叫著。

「看來，雙子的力量還真是一個謎啊……」

貝娜一說完，青年的襯衫又變成一黑一白，這又讓駱以聲當場怒吼：「啊！為什麼又、又變成這樣了?!」

「看來，你們可能還要多加練習掌控自己的能力……」貝娜嘆了口氣說道。

由於衣服的變化僅在一瞬間，所以當路人狐疑的視線投來馬上又恢復原狀，大家都以為是夜市霓虹燈折射的關係，因此並未多加注意，這點小巧合讓貝娜鬆了口氣，因為雙子的力量曝光在眾人面前可是絕對禁止的事！

晚餐時間，整條巷子裡擠滿人群，面對水洩不通的人潮與店家的叫喊，她怕與青年們走丟，於是一手一個抓起他們的手腕，改變心意的說道：「這邊人真的太多了，而且好吃的沒幾家，我帶你們到饒河街去吧。」

費盡千辛萬苦，他們終於從人海中離開五分埔，按照來時的記憶找到停靠在路旁的黑色轎車，轉往饒河街駛去。

一到達目的地，她便鄭重地向他們介紹：「這邊是臺北最受歡迎的夜市之一，夜市是臺灣人經常去的地方，因為有很多巷弄美食，好吃又便宜。」

這是青年們來臺北之後第一次來到『夜市』這種地方，他們跟著貝娜步入人群，不時對周圍的吵雜聲東張西望，不論是什麼商品或是老闆的推銷技巧亦或大排長龍的美食，都能令他們停下腳步，然後在內心暗暗欽佩原來這就是市區的夜生活。

他們也觀察到來夜市的人潮影子幾乎都是暖色系，放眼望去不是紅就是黃，不然也有綠色與青綠色，就是沒有藍色以下的冷色系，但這不能排除夜市就沒有負面情緒的人，有可能是藏匿在巷弄之間也說不定。

為了填飽肚子，他們利用剩下來的錢買了便宜的香蕉巧克力可麗餅，才剛咬下第一口，那絕妙的滋味，就讓他們愛不釋手的狼吞虎嚥起來，整個嘴裡滿是巧克力與香蕉的自然甜味，連心情都跟著愉悅起來。

兩兄弟就這樣自然而然的融入這樣的氛圍，滿懷喜悅的遊走每一個攤位。

除了可麗餅，他們還買了貝娜推薦的『下港特產』酥炸臭豆腐，更由於飢餓感作祟，兩人迅速地就將臭豆腐瓜分光，只剩貝娜細嚼慢嚥自己手上的最後兩塊臭豆腐。

「好玩嗎？」

突然被這麼問，駱以聲一時間搞不太懂這句話的意思，駱以安見他沒有回答，而且陷入沉默，也知道自己沒頭沒尾的話讓對方聽不懂，只好耐心的再說了第二句話，「這夜市。」

「很好玩啊！哥不覺得很有趣嗎？」駱以聲恍然大悟。

雖然才來過一次，駱以聲對夜市的喜愛已經不是用好玩來形容，他打從心底感到雀躍興奮，因為從小就生活在鄉下的他們，根本就沒有接觸過這種環境，所以任何景物、一動一靜都能讓他們感到亢奮，恨不得能立即融入這種氛圍內。

反觀被反問的駱以安則是睜著眼，最後輕點頭，不多說什麼。

貝娜走在前頭，不時回眸關注青年們的舉止，見他們這麼開心，她的心情自然也愉悅起來。

三人走到夜市的盡頭，觀察到大部分的人都會從盡頭走對面那條步道折返回夜市的入口，不過他們沒有選擇這麼做，反而是挑了人行道上沒有人坐的石椅歇息。

「看來你們玩得很盡興，但薪水你們可要省著花啊！等一下我再帶你們到彩虹橋，去見識一下臺北夜生活的美景。」貝娜說完便站起身，「口渴嗎？我先去幫你們買點喝的，在這等我。」

貝娜留下青年，逕自走進方才熱鬧的街道，尋找出口附近的涼飲攤販。

好半晌過去，駱以聲等不及地跳下石椅，站在駱以安的面前：「哥，走吧。」

駱以安馬上反應過來，「去哪？」

「貝娜姐剛不是說彩虹橋嗎？我已經等不及要去看了——」他直接抓向駱以安的手腕，強迫對方跟著站起。

然而駱以安還是認為這樣不太好，「我們不應該跟貝娜走散，可以等她回來再一起去。」

「可是我等不及了，而且沒道理她到現在都還沒回來啊？」駱以聲沒考量到排隊等候的因素，直接抓起路人詢問彩虹橋三個關鍵字，迅速了解路線後，最後將答案告訴給面容肅穆的駱以安。

「他們說彩虹橋其實就在隔壁而已，況且貝娜姐回來找不到我們，也會到那裡找我們也說不定呢——」

「至少再等一下……」駱以安還是覺得不太妥。

「走啦！」

興緻勃勃的駱以聲卻不聽勸，逕自拉著哥哥朝目標走去。

另一端，貝娜還是沒有回到青年休息的石椅，因為她正好排到一家大排長龍的飲料店，加上客戶的問題處理不當，導致整個作業流程慢了一大截。

駱以安敵不過弟弟，最後只能妥協，跟著駱以聲的腳步走。

他們按照路人提供的路線，繞過巷子走到河堤的下方，接著順繞著圈往上爬，這才抵達上方的河堤。

當兩人走到高處，一望眼前的美景，不免發出讚嘆的呼聲。

寬闊的石道上有不少人騎自行車而過，也有人穿著短褲在夜間慢跑，在一盞盞昏黃色的街燈下留下為健康著想的足跡。

石道下方是大片的草坡地，接著再下去又是另外一條高度較低的石道。

兩人一發現草坡的存在，過去待在村落的種種回憶排山倒樹而來，他們不約而同躺在草坪上，腦海不斷回憶著那段已經回不去的歲月。

駱以聲兩手扣在後腦勺，一頭栽進軟綿的青草，臉頰感受到河面吹來的徐徐涼風，輕撫過鬢絲再悄悄的離開，當場呼呼大睡起來。

每當這時候，駱以安都只是坐在駱以聲的旁邊，兩手撐往草地，觀察石道上的人們，有時欣賞起月光灑落在河面的粼粼銀影，再不然還有遠處連結兩端交通的彩虹橋光彩。

隨著時間越來越晚，駱以聲已經陷入熟睡，駱以安發現周遭的人群都已經解散，整個河堤只剩下他們倆還待在這裡，欣賞臺北城的夜景。

當他的手緩落在黑髮青年的肩膀時，對方猛地睜開黑眸，一手按著自己的腹部，神情不太對勁。

這眼神的變化在駱以安的眼裡並不陌生，但他依然冷靜沉著的問著神色未定的弟弟：「怎麼了？」

「我、我的肚子……」

駱以聲一開口，駱以安也感覺到身體的變化，彷彿正有什麼東西即將破繭而出，不停地衝撞自己的肚子，引起陣陣刺痛。

兩人在草地上掙扎了一會兒，還沒搞清楚這件事情的起源，敏銳的雙耳便捕捉到細微的車胎聲，正急速的往這靠近。

黑髮青年再也受不了折磨，他爬上草坡，站在石道上迎接食物上門。

「好餓……好餓……」

駱以聲瞥見快速駛來的兩盞車頭燈，刺目的光線遮蔽住他的雙眼，讓他看不見車驅的輪廓，他單獨伸出右手臂，攤開五指，掌心向外咆嘯出不是人類會有的怪異吼聲：

「吼啊啊啊啊啊——」

光是叫喊就帶起魄力的狂風，吹得駱以安整個人趴在石道上，他完全不敢相信駱以聲會有這樣子的一面，正當他打算伸手阻止駱以聲這麼做時，肚子的激烈疼痛卻彷佛在呼應剛才的叫聲，砰砰砰地撞擊腰腹，彷佛體內沉睡的猛獸再也無法抑止，即將破繭而出。

「可、可惡……」對駱以安來說，他不想屈服於另一個自己，他見識過駱以聲徹底屈服的模樣，是那麼的無情殘忍，在那對深邃的黑眸子中，更讓人看不清楚他的大腦在思考什麼，在還沒辦法完全摸透對方的心思，就被那股陰暗的銳利眼光給刺得千刀萬剮。

「駱、駱以聲。」

他輕聲喊著弟弟的名字，他卻依然無動於衷。

然而就在車子即將撞上之際，駱以聲的腳底影子突然扭曲立體化成一隻三尺高的巨人，黑影的動作與黑髮青年相同，它伸出右臂，毫髮無傷的擋下車速飆快的跑車，並用巨大的五指扯著車頭蓋，輕而易舉的抓起往後方一拋，整臺車頓時面目全非，宛如廢鐵。

好在車子沒有點燃引爆，一名成年人狼狽的從四腳朝天的車窗順利逃生，身上的高檔西裝在剛才的衝擊下被割破無數刀痕，額頭也有大面積的擦傷，驚慌失措的臉上滿是鮮血。

「媽的，怪物啊！」男子驚慌失措的逃跑，他靠健全的雙腳跑在幽暗微黃的石道上，在那被緊張感湧上全身的背影，腳下的影子顏色是死亡的黑色——

完全激起駱以聲想啃食的慾望。

此時此刻，他已經完全中斷意識，任飢餓感操縱自我。

『吞噬吧，越是猶豫，只會是懦弱慘敗的一方。』

駱以安眼神模糊失焦，一轉瞬間，駱以聲的身影已經消失在石道上，只剩下越跑越遠的背影。

當他視線一抬，打算尋找駱以聲的身影，卻被眼前兀自出現的熟悉人影給制止動作。

『瞧，你多麼狼狽。』在駱以安的白眸裡，映進一名與自己外貌完全相同，但表情卻截然不同的人。

對方露出詭譎的笑容，伸出手停在駱以安的眼前，『來吧，接受我吧，時機已經成熟了，雙子的使命，才剛要起步而已。』

受到言語力量的牽引，駱以安全身充滿不明力量，促使他動起自己的手，漸漸往對方伸出的手握去。

當五指與五指接觸，他的指尖射出一道耀眼璀璨的光芒，猶若天上的任一繁星，更其耀眼。

逃命的男子不曉得為什麼周圍沒有半個人可以解救，一路上的奔波讓他更是面對了最殘酷的結局，這看似永無止盡的冗長石道，沒有盡頭的讓男子感覺無比的絕望。

「哇啊啊啊啊！來人啊——有怪物啊！」男子既疲憊又狼狽的在路上摔了一跤，膝蓋磨破一道傷口，鮮紅迅速染紅那條白色的褲子，在白的陪襯下，那似罌粟花的色彩多麼顯眼、特別。

他一路上不敢回頭，就怕再看見那有個鬼魅影子的青年，就在他打算起身時，慌張不定的眼裡映入穿著黑襯衫的青年身影，對方伸手做出空抓的動作，後方的高大黑色人影同樣模擬出青年的動作，輕鬆的抓起男子。

那股力道甚大，幾乎聽得見骨頭斷裂的脆聲。

對方越是對死亡感到害怕而掙扎，就讓駱以聲更加興奮的不斷施力，他從中掌握到讓影子變得更加美味的技巧，唯有這樣子才能安撫腹中那塊不安的躁動，他也知道體內就像被安置了一頭猛獸，牠也與人一樣飢渴。

「駱以安，我可以吃了他嗎？」黑髮青年開口，腳下的黑影從地面浮出一名白髮青年，與他背靠著背不發一語。

駱以聲勾起玩味的眼神，「還是你也想嚐一口呢？」

「吃吧。」

被駱以安允許的駱以聲露出爽快的笑容，背後顯現的黑色人影五指猛力一掐，整個肉體被扭擠變形，噴濺出詭紅色的鮮血，緩緩從屍體的下半身淌下，在地面形成一攤血泊。

「啊、好飽好飽。」駱以聲拍拍肚子，痛楚已經消失，身後的那抹黑影也縮回青年的腳底下。

駱以安不吭一聲的看著這幅光景，最後淡淡啟口：「走吧。」

兩青年消失在沒有人煙的石道河堤，剩下從河面吹來的徐徐涼風唱出死亡的孤寂，那攤血肉就在青年離去沒多久，自動消失，沒留下任何痕跡，彷彿這個人的死亡只是虛假般的不存在。

在那之後，兩兄弟不斷被體內的飢餓感操縱意識，暗自奪走他人的影子，同時掠奪生命。

駱以聲的意識對飢餓的抵抗力太過薄弱，駱以安則偶爾可以逃過被自身意識操縱，穩住自己的意識拒絕自己吃那些可口的影子。

第五章　迷茫未來

意識略微恢復的駱以安坐在石椅上，身旁的黑髮青年已經仰頭呼呼大睡，完全沒有將周圍的人群看在眼底。

駱以安依稀記得，方才發生了什麼事，不過他卻沒辦法阻止那件事的發生。

他們活生生殺了個人，明明眼睛能捕捉到這些畫面，他的身體卻不聽從命令，只能眼睜睜目睹駱以聲將那人送進肚子。

忽然，一陣冰涼的觸感貼觸到他的額頭，喚回他的注意力。

貝娜替青年們各買了一杯現打的木瓜牛奶，拍著胸脯保證：「這算是這邊比較有名的木瓜牛奶，你們應該會喜歡這個味道。」

她眼神一飄，注意到駱以聲已經完全進入夢鄉，「以聲還好嗎？」

「只是睡著了。」駱以安用吸管吸了一小口木瓜牛奶，隨即驚呼。他細微的動作被貝娜敏銳捕捉到，她綻出自信地笑容問：「怎麼樣？好喝吧。」

「嗯。」他不會形容這種口味，濃郁的綿密木瓜混合牛奶的香甜，讓他瞬間成為這杯飲料的俘虜，忍不住一口接著一口，但是當被問到哪裡好喝時，他卻找不到詞形容，只能以點頭表示。

但這對貝娜來說就足夠了。

隔天，他們沒有預定的早起。

由於昨天一整天的奔波，早已讓他們體力耗盡，駱以安醒來只覺得疲累但卻絲毫沒有睡意，只能張眼盯著天花板，還有未點亮的燈。

房側牆上的窗戶透著耀眼白光，因為窗簾的阻擋減弱些許光線。

駱以聲睜開眼，慵懶的伸了伸懶腰，引起躺在另外一側的青年注意，駱以安側過臉凝望自己的弟弟，「醒了？」

「怎、怎麼會這麼累……」他們身上穿的是昨夜去五分埔買的衣服，儘管兩人都有充足的睡眠，身體卻像無底洞般，即使休息也無法填滿體力，駱以安坐起身，扭動脖子傳出喀喀聲響。

駱以安雖然不能完全肯定，但腦子已經間接告訴他，這樣子的後遺症想必是出自於昨晚的襲擊。

他陷入一種天人交戰的膠著，猶豫要不要將這件事告知給「杉日月事務所」的巡影者們。

「看哥這樣子，你一定知道原因吧。」駱以安眨動眼睫，想更加了解怎麼一回事。

駱以安認為這件事情沒有百分百的確定是不能隨便提出來的，於是他選擇撒謊，「我也不清楚。」

「這樣啊……」駱以聲失望的躺下，將頭埋進柔軟的枕頭裡。

寧靜半响後，黑髮青年呼出輕薄的氣息，「哥，你覺得不可思議嗎？」

他沒回聲，只是靜靜的聆聽弟弟的想法。

「我們只是個普通人，不過很多事情都發生得太快，現在我們卻成了他們口中很重要的雙子，然後呢，昨天我有種似曾相識的感覺，哥有那種感受嗎？

我不知道該怎麼去描述，這應該就是不可思議吧……」駱以聲抬起指尖輕劃過眼尾，抹掉細小的水珠，「而且……我好想念媽喔。」

只有這句話引起駱以安的共鳴，他也忍不住點頭：「我也是。」

「能來到臺北我覺得很開心，很多事情都好有趣，可是等到心靜下來的時候，我總是會覺得好像缺少了什麼，然後那個缺少就一直掐著我……然後我就什麼也不記得了。」

駱以安持續關注駱以聲的話，判斷出他完全沒有昨天的記憶，不過他卻對自己還能記得那件事感到詭異，他無法釐清自己為什麼會擁有記憶，弟弟卻什麼也沒有。

「沒事的。」駱以安側著臉，面孔望著黑色的天空，唇角浮顯出微乎其微的笑意。

「很難得看到哥笑呢，有點懷念，哈哈——」

駱以聲的個性較為陽光，他豪邁地笑出聲，不像自己的哥哥，總是過度的冰冷自己，他都擔心起駱以安會不會有天顏面神經失調了。

突然的叩門聲打斷兩兄弟的交談，他們拖著疲勞的身軀走下床，打開門。

站在走廊上的是一抹熟悉的女性身影，仍是同樣盤起的髮型。

「早安，睡得好嗎？」貝娜背手而立，抬頭挺胸地站在青年們的面前。

駱以聲睡眼惺忪的揉了揉雙眼，「一點也不好！為什麼我覺得身體好像快散掉一樣，一點力氣也沒有。」

「你也是嗎？」貝娜從黑髮青年身上轉到另一位身上，後者點頭，不多說半句。

「這樣啊，或許只是昨天太累了吧……對了，司令要我帶你們過去認識巡影者夥伴，他們剛好昨天出任務，今天才正式回到公司裡。」貝娜後退一步，讓出走廊的步道，「走吧，你們就穿這樣去參加會議吧。」

「不要緊嗎？」駱以聲搔搔一頭亂髮。

「反正穿什麼都會變色不是嗎？所以穿這樣就好。」貝娜踩著矮跟鞋走在走廊上，清脆的鞋跟聲時時傳進他們的耳底，他們跟著她走至廊道的盡頭，搭乘巡影者使用的專梯前往會議室的樓層。

抵達會議室的時候，青年已經率先瞥見玻璃窗內的長桌椅以及人群，除了先前認識的楊孟樂、詹勝安、黑卣、金絲雀及司令・劉彥宏外，還有兩名生面孔，一男一女，皆穿著事務所規定的西裝外套與白襯衫。

玻璃門推開以前，兄弟倆已經偷偷交換了視線。

他們的存在讓在場的某些人吃驚的瞪大雙眼，彷彿這一切是夢般，不敢相信自己眼前所見的是真的。

「各位請坐。」劉彥宏請所有人拉開椅子坐下，希望大家能放輕鬆一點。

接近司令的左右側第一個位置，則是坐著巡影者列隊的隊長・楊孟樂與副隊長・詹勝安。

「駱以安、駱以聲，你們對面的這兩位是我們巡影者列隊中最傑出的特務，男的叫做黃雨澤、女的是黃雅鈞，他們就像你們一樣擁有血緣關係，是兄妹組合的搭檔。」

「雨澤、雅鈞，這對兄弟就是我們之前在任務簡報中稍微提到的雙子，還記得那場山難嗎？」劉彥宏壓低嗓音開口詢問。

「捕捉羅迦那次吧，我當然記得了。原來就是他們啊！老實說我剛才還有點不敢相信呢。」黃雨澤面對雙子，露出善意的微笑。

在駱以安的眼裡，兄妹倆年齡約為二十出頭，男生有張秀氣的瓜子臉、乾淨俐落的剃掉一邊的頭髮、留有日本風的斜瀏海造型、髮色在光線的照耀下呈現出淺淡的棕色。

女子則有平順貼額的棕色瀏海，與眉並齊，充分突顯出少女的氣息，除此之外，她還有一雙足以自豪的大眼，眼瞳色隱約可見獨特的深藍色，雙唇抿成一線，朝對桌的青年點頭示好。

「既然事務所的所有巡影者菁英都在現場，我就趁這個時候向你們——」劉彥宏司令嚴厲的目光，猶若尖刀刺向坐在貝娜之後的兩兄弟，「介紹一下整個事務所還有你們目前所缺少的知識，若有問題，也歡迎你們提出來。」

「呼啊……」詹勝安十分不給面子，他打了一個大大的哈欠，遭到對面的楊孟樂猛使眼色，還好心的以唇語叮嚀：「注意你的嘴巴！」

「我們事務所是奉政府機構的命令而成立，這裡的一切都經過總統的許可，不論是配備、人員薪資、人事命令等等，各種狀況都是由總統那邊的高層主管來統計，我們就像他手下的棋子，被妥善的安排在每一個據點，等候命令。

然而，事務所絕對不是只有我們一家，在臺灣就有許多事務所的存在，都與我們一樣外表是個幌子，內部都是為了討伐影獸所存在的單位，我們彼此之間沒有明顯的對立關係，因為所有人的目標都是解決影獸。」

「既然我跟我哥這麼特別，代表其他事務所也會有雙子囉？」駱以聲舉手發問。

劉彥宏看了他一眼，開口解釋：「其他事務所也會招募雙子成為自家的幹部，不過這得看雙子的意願，再來就是，雙子的力量是特殊存在的，能夠擁有這種能力的人少之又少，並非所有雙子都行。

現在我們所知具有能力的雙子，總計全球只有二十對。」他緩了緩，又繼續說道：「這二十對散布在世界各處，以防影獸的出沒，包括中國大陸、日本、美國、英國、夏威夷、好萊塢、歐洲、印度、泰國、北美等等……」

劉彥宏起身，拿起白板筆在身後的白板上繪出三塊石頭，並在石塊的內部用斜線填滿，「接下來要說的就是這三樣物品，第一個是雙子血，這是『第一任』雙子割下自己血肉做出來的石頭，具有發揮影之力的關鍵物——就是這個。」他解開領口的鈕扣，露出靜躺在胸口的紅寶石水滴型墜鍊。

「我們也有喔！」詹勝安也張揚地拿出項鍊。

基本上，在場所有人都有配戴一只墜鍊。

「雙子血若是使用在雙子身上便能強化本身的力量，若是運用在手無寸鐵的人類身上，就會發生不可思議的現象。

像是楊孟樂，他就擁有透過影子製造出劍的能力；詹勝安，能透過影子製造出堅不可摧的盾牌；貝娜，擁有製造泡沫或是自身融解成泡沫的能力；黃雨澤，具有讓時間靜止的能力；黃雅鈞，目前未明，這部分我等等再來解釋。

而且雙子血上面有雙子留下來的保護咒，別人無法強行奪走，除非持有者願意讓出，雙子血才會讓保護咒失效，不然就是等到持有者死亡，才有辦法取得它們。」

「那麼，我們也能製造出雙子血囉？」駱以聲按按自己的手腕問道。

「這點我們曾經思考過，只是經過幾任的配合，都沒有辦法發揮出任何能力。我想，這可能是第一任雙子的原始能力吧，並不是雙子就有辦法製造出雙子血的。」

司令露出一副無可奈何的表情，凝視在場的所有人。

「隊長，那你說的第二樣是什麼？」思緒飛快的駱以聲緊接著追問。

「第二塊石頭就是賢者之石。賢者之石是每個人類都擁有的心之石，你們可以看見他人腳底下的影子顏色，自然懂得影子顏色若是變得漆黑，就等於『影獸』即將出沒，等到那時，人類的賢者之石就會遭到侵蝕，變成影獸的心臟，藏在身體的某一個角落。

要消滅影獸，就必須將賢者之石破壞掉才有辦法。」

劉彥宏移動白板筆，指向第三顆石頭，「這叫做魂晶玉，是相當古老的東西。不過至今下落不明，它具有聚影的能力，這東西是專門培育影獸存在的兵器，因為影獸的存在都是與主人形影不離的，一旦主人死亡，會連帶影獸一起消滅。

但若是讓影獸接觸到魂晶玉，牠們就可以擺脫主人的限制，然後擁有自主生存意識，一旦握有魂晶玉的影獸就會變成相當麻煩的存在，加上它在影獸的體內待得越久，越能強化影獸本身的能力。」

「所以三塊石頭都在影獸的體內，就會變成世界強囉？」駱以聲用兩手劃出半圓，誇飾的說。

「的確是這樣子沒錯，接下來我要講的就是關於雅鈞的事情了。」

「等等——是有多強啊！」

話一出，駱以聲馬上遭到駱以安摀嘴，他制止弟弟不當發言，垂下眼睫道歉：「抱歉，司令請繼續。」

對弟弟這種搞不清狀況的行為，駱以安感到相當難堪。

劉彥宏清清嗓子，繼續用沉穩的嗓音說道：「我剛才說雅鈞目前未明，是因為我們人類要配合雙子血，必須要『開通』過後的人才有辦法，也就是說我們都必須克服心底的障礙，才能讓配戴在身上的雙子血擁有天馬行空的超能力。

克服心底的障礙並不簡單，因為人類體內都一顆賢者之石，人類的情緒會影響賢者之石，並且侵蝕然後變成影獸，雙子血就是要將影獸逼出來並且將其淨化，就能讓主人被雙子血給選上。」

「淨化？」駱以安偏著頭，難得出聲發問。

「就是將影獸剷除，人類的影獸只會製造一次，影獸一旦死亡之後，便會連同賢者之石一同破碎或是靠外來的力量摧毀，接著，倖存下來的主人體內會製造出新的賢者之石，目前我們對這方面的資訊掌握的不是很充足，但唯一知道的就是這新生的賢者之石不會製造出影獸，而且會與雙子血產生共鳴製造出新的能力。」

駱以安點點頭，表示理解。

「接下來，我要介紹影獸在地球上的存在。」劉彥宏將白板上的三塊石頭擦拭乾淨，接著在上面寫出四個名詞。

「就我們現在所掌握到的情報，影獸分成四種類型，包括『影獸卵』、『影獸胎』、『影獸』、『影獸神』四種階級。人類誕生出來的影獸千變萬化，不過都是『影獸』這個等級與模樣。」

司令特別在影獸的名詞畫上一圈，接著指著第一組名詞介紹：「『影獸卵』都是卵狀的存在，牠們不是從人類的腳底下影子衍生，而是從影獸的身上自行產卵，所以讓影獸在外面待得越久越不利。

而『影獸胎』就是從影獸卵孵化出來的幼型影獸，牠們因為還不了解周遭環境，所以是最脆弱的影獸，不過通常影獸母體都會替牠們找來食物來加強牠們的成長。」

駱以聲不理會哥哥制止，連忙追問：「那牠們生長速度快嗎？」

「這就不定了，有的很快有的很緩慢，基於最後的『影獸神』，就是經過自行進化的影獸，會達到進化這個動作的影獸想必是原有的主人擁有強大的意念，才會造成牠們更渴望力量，這樣的意念會讓牠們去獵捕更多影子，強化自己直到巔峰，這就是影獸神的進化過程，只是等到那時候，這就不再是我們能處理的範圍了，因為影獸神比起影獸等於是向上跳好幾個階級，需要仰賴雙子的力量才有辦法抗衡。」劉彥宏指向在座的倆兄弟，「就是你們。世界上到目前為止出現過幾次影獸神，但往往都是靠雙子的力量才順利解決，不過現在科技迅速的成長，憑我們的力量有沒有辦法對付影獸神，這也很難下定論了。」

劉彥宏頓了頓，將四個名詞擦掉，留下乾淨的白板，「最後要說的，就是昨天貝娜跟你們提及到的戰鬥部分，你們具有跟影獸、影獸神戰鬥的能力，那是你們的本能行為，所以我們無須教導，然而，雙子之力是混沌、邪惡的，那是負面情緒所誕生出來的力量，可能是自信、可能是害怕，不論是什麼樣子的想法都會誘發你們體內的雙子之力，這就跟影獸誕生的原理是一樣的。」

「所以，我們其實也很危險囉？」駱以聲低聲問著。

「應該說是兩者皆有，只要你們能控制住體內的那股力量，並且運用自如的話，想必你們也能跟上之前雙子的腳步，成為人類的救星。

還有，雙子之力就跟人體的生理狀況是一樣的，人類會餓，它們也會飢餓，而唯一解決的辦法，就是奪走他人的影子與性命才能止飢，不過，換個角度思考，要是你們將這股力量激發出來，也代表自身的成長，如此一來，你們的能力便會更上一層！」

隊長的這番話讓駱以安想起昨夜的情形，他不安的看了眼身邊的黑髮青年，壓抑不住的開口：「昨夜……我想，那就是雙子之力吧。」

關鍵字為「飢餓」，駱以安只有這樣的推論。

聽見駱以安的自言自語，不明所以的貝娜偏了偏頭，「雙子之力？你們不是跟我在一起嗎？」

「那是妳去買飲料的時候，我跟以聲……感覺到肚子很餓，餓得讓人發狂……」駱以安不安的開口。

「在那之後呢？」劉彥宏的臉色仍是一貫的肅穆，並未因此動搖。

「我們襲擊了一位路人。」駱以安輕聲回答。

「哥……」駱以聲卻是什麼也不記得，他訝異的望著自家哥哥。

「你什麼也不記得了，可是我都記得。」他也回望著弟弟，語氣篤定。

「事情若已經發生了，我們也沒辦法插手改變什麼，既然你們也已經體會到體內的雙子之力反應，看來潛伏在你們體內的力量已經開始蠢蠢欲動，我想時機也差不多成熟了。」劉彥宏舉手拿起筆，在白板上面繪出一塊多邊形的大陸輪廓，「就像我剛才說的，你們只要掌握住這股力量，就可以改變一切，只不過……也是有失敗的例子，就像這塊大陸，對你們而言或許陌生，不過對其他人來說，是人類歷史上的一件慘痛事蹟。」

劉彥宏在大陸版塊的上方畫了個大圓圈，接著在下方畫上幾個小圓圈聚靠在一塊。

「這是一座火山，然後這裡是都市，這裡曾經是一個祥和的大陸，有對雙子誕生在這裡，可惜的是民國七十九年的八月二十四日，因為維蘇威火山爆發，這座名為『諾斯里蘭』的小鎮就因此被掩埋了。」

「怎麼可能……」

劉彥宏望見青年們驚呼的反應，滿意地說：「就像你們想到的那樣，這座火山根本不可能爆發，因為它是一座『死火山』，但當時就是因為雙子被影之力反噬，最後讓火山活了過來，因而死了無數條人命。」

詹勝安轉頭望向沉默的駱以安，忍不住關心，「別想太多，那已經是好久以前的事情了，現在據說雙子都能將能力運用到爐火純青的地步了！」

「不過這也是理所當然的，雙子既然具備保護世界的力量，同樣也擁有摧毀世界的力量。」楊孟樂推了推鼻梁的鏡架，在旁說著。

「總之我們的任務是消滅影獸跟阻止影獸對吧？但實際上究竟該怎麼做？」駱以聲聽完這一大串的解釋，只想簡單的明白自己該做什麼就好。

「我們會安排你們到外頭遊走，然後去幫助任何需要幫助的人類，來遏止影獸的出沒，為了通訊方便，你們也需要配戴上這東西。」劉彥宏轉過側面，讓青年們看見自己耳朵上的白色掛飾，「這是耳機麥克風，可以從總部這邊直接透過衛星鎖定你們的位置，並且進行遠程通訊，若是在偵查室的巡影者發現影獸反應，也會要求你們前去支援。

基本上每日的任務都很簡單，除非出現棘手的影獸，才會讓大家一直處於忙碌的狀態。」

劉彥宏這句話讓在場的兩名女子疲勞的嘆口氣，駱以安瞥向後方的黑卣與金絲雀，稍稍明白『忙碌』的意思了。

黑卣發現兩名青年投過來的視線，瞬間精神百倍的綻放出笑容，並朝他們揮揮手。她的過度熱情讓兩人有點害怕，他們有些恐懼地轉開視線，努力認真地盯著司令。

「現在讓大家很頭痛的影獸，就是一隻名叫『羅迦』的貓型影獸，黑卣，麻煩妳了。」

收到指令的黑卣收回手，鎮定的按下只有她桌上才有的按鈕，接著整間會議室的燈全部熄滅，長桌的上方緩緩亮起一團光，一圈圈圍繞的逆時針軌跡清晰可見，接著在所有人的面前迸射出四方型的映像方塊。

「這個映像方塊是我設計的程式，裡面那隻怪物就是羅迦。」黑卣簡單的說明，眼神還是癡癡望著雙子兄弟。

駱以安瞄見映像方塊裡面有隻巨大的黑色貓影穿梭在火災現場，雖然行動的速度飛快，不過畫面的停格鍵卻有效的擷取出羅迦的模樣。

「這是這陣子才出沒的影獸，而且能力本身就很強悍，推測牠的身上有魂晶玉的下落。雖然還未得到證實，可以確定的是，牠出沒的地方都沒有見到人類主人的蹤跡。」黑卣持續說明。

「剛才也說了牠是隻強悍的影獸，我甚至不排除牠有可能進化成『影獸神』的可能性。因為這隻貓，差點把大家打到去見閻羅王，實在是有夠難纏的。」詹勝安想起不好的回憶，搖頭嘆出冗長的一口氣。

「羅迦是我們首要解決的影獸，至於其他誕生出來的影獸會尤其他事務所的巡影者解決。唯有牠，我們必須仰賴你們的力量，這樣大家才有辦法團結消滅牠的存在，不然恐怕所有事務所的巡影者集結起來，都不是他的對手。」

「光用隻字片語，我沒辦法讓你們知道羅迦是多麼強大的存在，不過，你們只要記得，影獸與你們是對立的關係，是你們誕生在這世界上的使命，這樣就足夠了。」

劉彥宏若有所思的盯著兩位奇異髮色的青年，深深認為他們是擁有拯救世界力量的雙子，若不藉由他們的力量，羅迦只會日漸強大，這會對人類的社會上造成極大的傷害，後果不堪設想。

第六章 河濱公園初陣

在會議結束後，駱以安與駱以聲擁有了自由行動的時間，他們也了解到只要在任務通報以前都是可以自由自在的不受限制。

「一下子吸收這麼多訊息，我的頭都要炸了啦——」比起什麼都往肚子裡吞的駱以安，駱以聲頭疼欲裂地按摩著太陽穴，忍不住抱怨。

「哥，你都聽得懂嗎？」

駱以安輕輕點頭，「嗯。」

「不會是我智商問題吧？」駱以聲指著自己，專注看著白髮青年，對方沒有搖頭也沒有點頭，令他不知道該怎麼替這句話下定論。

突然間，巡影者專門行走的長廊轉角走來一名女子，兩人都有印象對方的名字，不過此刻的她卻好似心情不悅，就連與青年們擦身而過也沒打招呼。

「那是黃雅鈞吧。」兩人駐足，駱以聲瞥向身後的女子低聲詢問。

駱以安則是口氣冰冷的回道：「嗯。」

「我覺得不對勁，要追上去嗎？」幾十分鐘以前，女子給兩兄弟的印象是溫柔婉約的女性，現在卻與那氣質截然不同，而是板著一張臉，甚至無視他們的存在，直接擦肩而過。

「嗯。」駱以安點頭。

青年們迅速掉頭追上隻身一人行走在廊道上的黃雅鈞。

飄逸的直長髮隨著行動，有些劇烈的晃動著，她步伐迅速的走往電梯，讓兩人忍不住加快腳步，似乎是察覺有人跟在後頭，她超乎他們預料的拐往一旁的緊急逃生梯。

「來了兩天，我都不知道這裡有樓梯，隱藏得真好。」

駱以聲輕推開門，雙耳捕捉到女子下樓的腳步聲，原本他想加緊腳步接近她，卻在踏下第一階前，赫然聽見腳步聲停止在樓階的轉角處。

駱以聲不安地望向駱以安，後者聳聳肩，盡可能的把腳步放輕踩下階梯，透過樓梯的縫隙，他可以看見女子從外套口袋取出手機貼向耳朵。

「爺爺，我想了想……我想去取得更高的學歷，而不是當一個公司的特務而已。」

青年們聽不見電話另外一頭的聲音，就連所站的位置也沒辦法清楚看見她的面孔。不過，駱以安卻注意到黃雅鈞那黏在腳底下的影子有細微的色彩變化，從原本的青色緩緩轉為深色。

「注意顏色。」駱以安警示身旁還沒察覺到這點的弟弟。

「怎、怎麼辦？」首度面對這種情形，駱以安雖然還算鎮定，不過駱以聲卻顯得有點手足無措。

駱以安伸長食指貼在唇邊，輕喃：「再等等。」

「可是爺爺，我也有自己的想法，而不是一直按照你的安排走……」黃雅鈞握手機的力道明顯加重，只是對方似乎是不客氣地掛斷她的電話，讓她不停地重複道：

「爺、爺爺——爺爺！」

她垂下右手，待在原地愣了幾秒，然後將手機放回口袋，接著轉身往上走。

青年們一見苗頭不對，打算衝回去時，駱以聲竟被階梯絆到，不由發出驚愕的叫喊：「啊啊啊啊——」

最後咚地一聲，黑髮青年的額頭直貼堅硬的地面，一股莫大的衝擊直接撞上腦門，痛得駱以聲捲起身子，雙手護著額頭不斷哀鳴。

「駱以安、駱以聲？」處在轉角處的黃雅鈞仰著頭，盯著動作定格的駱以安與在階梯上不停抽搐的駱以聲。

面對這局面，他們只好自首剛才的偷聽行為，原本以為這種侵犯別人隱私的事會讓對方火大，卻沒想到眼前的黃雅鈞仍是溫柔的模樣，一點也不生氣，只是偶爾抽著眉毛，用一種似笑非笑的笑容坐在兩人對面。

眼下他們坐在巡影者用餐的食堂，非用餐時間沒什麼人，他們三人占據了角落的四人座位落座。

駱以聲感受到對方不尋常的反應，他不是很明白的問道：「妳不生氣嗎？」

「我嗎？我覺得還好耶。」

打從自首自己在偷聽後，駱以安將她觀察得更加仔細，見她依舊維持溫和的笑容，他心想黃雅鈞心裡肯定有著兩人都沒辦法比擬的好脾氣。

青年們持續沉默，黃雅鈞卻先勾起精緻的笑容瓦解瀰漫在彼此之間的尷尬氣氛，「也許是我覺得這沒什麼吧，對不起讓你們擔心了，剛剛影子是不是有變顏色？因為我聽說你們雙子可以看見影子的顏色。」

「沒錯，就像現在……」駱以聲兀自鑽進桌底下，隨後抬起頭，「是綠色的。」

「其、其實你不用……這樣把頭鑽到下面啊，這樣會讓人覺得你們奇怪，剛剛來這邊的路上，我不是有說要低調嗎？」

對於駱以聲的行為，黃雅鈞覺得好氣又好笑，她稍稍有感覺到其他桌射來的目光，只好努力說服自己不去在意太多。

「對齁！抱歉抱歉——」駱以聲依舊沒什麼心眼，直接大聲地向黃雅鈞吐舌道歉。

「那，妳還好嗎？」坐在駱以聲身旁的駱以安鎖著眉心問。

「不太好，事情是這樣子的……」才正要開口，三杯鮮豔可口的柳橙汁便送了上來，杯口還插著一根玩具傘，她頓了頓，見服務生走遠才接著開口：「我們家是很標準的重男輕女，從小父母就離開我跟哥哥的身邊，交由爺爺扶養長大，爺爺以前受過嚴苛的日本教育，所以他總拿這套來用在我們身上，打算以菁英教育栽培出一個優秀的人才來繼承家業。

因為重男輕女，所以不論哥哥想做什麼、學什麼，爺爺幾乎不會多說什麼，但是我如果想像哥哥那樣，每次都會遭爺爺教訓一頓。以前我會覺得還好，我想應該是想法還沒有成熟，接觸的人也沒有很多，可是隨著年紀增長，我總是會希望他可以尊重我的決定，讓我走自己的人生，但——」

見駱以聲玩起杯子上的小裝飾品，她依舊維持著平穩地口氣說道：「只是不管怎麼溝通，爺爺還是不肯改變他刻版的觀念，覺得女孩子就得按照家族規定來走，所以爺爺已經有幫我安排一套未來規劃，可是那根本不是我想要的生活……爺爺希望我現在就獨立工作，工作類別還是由他安排，然後穩定一點後就立刻安排相親結婚，接著要馬上生下男孩來傳承香火。」

黃雅鈞說起這段過往，內心泛起的酸澀幾乎讓她難以呼吸，她看著桌面，聲音沙啞：「我很羨慕哥哥，不論他想要什麼，爺爺都會給他，而且他沒有爺爺安排的制式人生規劃，可是我完全不同……我不是討厭哥哥，只是很想擁有自己的想法，受爺爺肯定的想法。」

「聽起來只是需要溝通而已。」這不是什麼大問題，想法總是會改變，駱以安這麼認為地說。

黃雅鈞卻搖頭，否定掉他的這番話，「如果只是溝通的問題，就不會演變成現在的情況了。我們溝通很多次了，可是每一次都不是很好的結果。」

她偶爾想起幾次跟爺爺大吵一架，最後總是哥哥出面擋在兩人面前遏止火藥蔓延，雖然爺爺也會看在哥哥出面的份上，不與她計較，但兩人總會陷入長時間的冷戰，短至一個禮拜，長至一個月以上，就算見面也會把彼此當成隱形人，最後又會重複循環的為了自己的想法而大吵一架。

她累了，退讓總有個極限。

「也許該問，妳自己想走的方向可以給妳什麼。」駱以安眼角餘光瞥見弟弟，他還在把玩杯子上的裝飾品，像是完全沒把交談聽進耳裡。

面對他的問題，黃雅鈞想了想，接著開口。

「我希望擁有更穩定的生活，還有自己真正想做的工作，只是我想接觸的工作，必須要有更高的學歷才有辦法過第一門檻，但是爺爺一點也不懂，總是拿那套『現在做跟以後做有差別嗎？』然後打發掉我，我希望他能發現我的重要性，就跟哥哥一樣……」她苦澀的笑了笑，緩緩道出過往：「其實在我來這裡以前，哥哥就已經在這邊做上半年的時間，那時候我還在讀書，也因為叛逆期的關係吧，總會與爺爺吵得不可開交，最後是哥哥看不下去，問我要不要來這間公司打工當特務，我對特務是什麼完全不了解，直到進入這裡，才明白很多我所不知道的東西，而且待在這裡的時間很長，我完全不會與爺爺有任何接觸，自然就避免掉很多爭吵。」

駱以安聽了半會兒，兀自打斷黃雅鈞的話：「這樣是逃避。」

「我知道……可是我已經沒有任何辦法了，考試也迫在眉睫，我實在沒辦法按照爺爺所說的放棄考試資格，這是我好不容易爭取來的啊！」

駱以聲放下玩具，右掌稍用力的拍向桌面，「那妳就去考試啊！」

「可是爺爺……」顧慮較多的黃雅鈞還是放不下對爺爺的介意。

駱以聲見狀，什麼玩樂的心情也沒了，「就去考啊，不要管什麼直接去考試就對了，剩下的等妳考完之後再來煩惱也不遲。」

「妳有跟哥哥討論過嗎？」駱以安與駱以聲是兩極存在，比起身邊的弟弟，他的口氣也較為平靜。

「只有跟哥哥講過我想考試，可是他現在還不知道我已經拿到考試資格了。」黃雅鈞動起吸管，優雅的輕飲一小口。

駱以安沉靜幾秒後開口：「他會支持的。況且以聲說得對，妳就大膽的去考，有什麼煩惱之後再說。」

「不過——總有一天還是得想辦法說開來。」駱以聲聽完白髮青年這句話後，逕自插嘴道：「未來有的是機會讓妳爺爺可以去正視妳的想法，肯定妳的人生觀，現在妳就專心的把考試考好就對了。」

「找個時間去跟妳哥哥說吧。」駱以安又給了另一個建議，駱以聲則是舉雙手贊同，「認同，妳現在最需要的就是親人的支持，爺爺雖然不支持妳，可是別忘了妳還有位哥哥。」

「我明白了……」她描眼桌上的結帳單，「這杯飲料就讓我請吧，謝謝你們。」

「欸！真的嗎？那我可以多點一份那個叫做鬆餅的東西來吃嗎？」

先前就知道這樣東西的存在，不過沒有看過真面目，讓他有幾分好奇，趁這機會，駱以聲厚著臉皮要求。

「當然好囉！」受不了他水汪汪的眼神，黃雅鈞只好坦率的答應，雖然另一方面是她不知道該如何婉拒……

稍晚的時間，她回到巡影者的寢室，一整條冗長的白色步道沒有任何人影，四周靜謐安祥，不論腳步聲放得多輕都聽得一清二楚。

她回到自己與哥哥黃雨澤的房間，房間內的男人正坐在書桌前翻閱小說。

雖然視線不曾抬起來，他卻清楚的知道身後的人是自己的妹妹，他又翻了一頁，語氣淡淡地問：「怎麼囉？」

「你怎麼知道我怎麼了？明明沒有看我……」黃雅鈞站在書桌邊，視線垂落在黃雨澤手上捧著的小說，「新買的嗎？」

「因為，妳每次有事情找我的時候都會站在我的旁邊。」戴著耳機的黃雨澤拔下一邊，轉過面容，揚起帶有酒窩的淺笑，「而且我是妳哥，如果我不了解妳的話，誰了解妳呢？」

「不要講得那麼白，會讓人很想哭好不好……」在他的面前，她可以盡情表現倔強任性的一面。

黃雨澤拍拍大腿，「我不介意妳抱我大腿，哈哈哈……」

「都幾歲了，不要那麼幼稚啦！」

每次總會被他的幼稚行為惹到發笑，再怎麼難過的事情都像雨過天晴般，心情瞬間好了起來。

「話不要這麼說喔，不知道以前誰總是把我的腿當成尤佳利樹在抱的勒！」

被挖出過去糗事的黃雅鈞脹紅著一張臉，卻來不及阻止對方的調侃。

「呀啊——你幹嘛提啦！那只是小時候調皮愛玩而已……」

黃雨澤拿起桌上的書籤夾在小說內頁，打算暫告一段落，黃雅鈞卻能馬上辨識出對方正在閱讀的書系類別。

封面上繪有金銀瞳色的雙胞胎青年，青年身周滿是翩翩飛舞的金色紙鶴，她翻開書底的簡介，故事描述的是青年接受委任前往調查村子祕辛的故事。

「所以，妳怎麼了？」

被詢問的黃雅鈞放下書本，她沉重的嘆了一口氣，眼中帶著無奈與疲憊。

沒等妹妹開口，他已經大略猜到，「又跟爺爺吵架了嗎？」

「嗯。」她只是輕應了聲。

黃雨澤聳起肩膀嘆了口氣，「唉，爺爺也真是的，我也跟他說過好幾次了，可是他還是那麼重男輕女。」

「我不知道該怎麼辦……他還是不讓我選擇自己的人生，如果按照他安排的，我一點也不快樂，我總是要往前走吧，不可能一直待在這裡……」她當初來到事務所並非興趣，而就像駱以安說的只是一種逃避。

「雖然這裡的人都很好，而且我也發現了一般人根本不可能知道的事，可是這不是我想做的事情，我真正想做的是法務工作。」

「那會是一條很辛苦的路呢，雅鈞。」

但是她卻不以為意，「不會比哥哥還辛苦，哥哥可是包辦美工系的所有設計呢，你發揮的是創造力，我們這種就是靠記憶力與判斷力而已。」

「如果雅鈞真的想走這一條的話，我不反對喔，爺爺那邊我會幫妳溝通看看，只是我不知道他會不會聽進去就是了，可是我會試試看的。」黃雨澤拍著自己的胸脯保證。

「所以哥會支持我……」

這件事情她之所以沒有說明白，只是覺得哥哥或許會站在爺爺的立場一起來反對，這讓雅鈞憋得很苦，只是如今聽自己哥哥這麼一說，反倒讓她安下心來，但若沒有經歷過上午與駱以安等人的接觸，她也沒有勇氣說出這些話，說到底，她還得要感謝他們兄弟倆呢！

「當然啊！」黃雨澤站起身，身高遠遠高過自己妹妹一顆頭，他不顧她梳理得整齊的秀髮，疼愛的揉了揉，「我是妳的哥哥，如果連我都反對的話，對妳來說該怎麼辦才好？而且我覺得法務人員也不錯啊！說不定妳還可以嫁入豪門勒——」

最後這句話遭來黃雅鈞一記白眼。

「不過啊，既然妳想往那條路走，現在有什麼打算呢？」

被他這麼一問，黃雅鈞也不打算隱瞞，「我已經取得一個禮拜後的考試資格，只要如期應試，我想差不多就水到渠成了。」

「一個禮拜?!那妳準備得怎麼樣了？」

黃雅鈞微微一笑，「差不多了，只要再複習幾次，應該沒什麼問題。」

深怕她沒有任何準備的黃雨澤，一聽妹妹這麼說，反而放下一顆心，「那就好，到時我一定會去陪考，考個好成績給爺爺看，我相信他一定能理解的，雖然他的腦袋比較僵硬，可是聽進去的話還是會放在心底，別忘了爺爺從小就很疼我，所以我跟爺爺的接觸比妳多，自然比較了解他私底下是個什麼樣的人，我也會儘量幫著妳說服爺爺的。」

得到兄長的肯定，黃雅鈞的眼淚卻是一發不可收拾。

黃雨澤見狀輕輕替她抹去淚水，拍拍妹妹的肩膀，哄著：「沒事了，好好準備考試就對了。」

隔天，黃雅鈞為了考試能順利通過，打算到臺北車站附近的書店買一些相關書籍，好讓自己能更完善的應付考試。

才一踏出寢室，便恰巧遇見也剛好走出房門的兩兄弟，她連忙叫住對方上前打了聲招呼：「早安。」

「早安，雅鈞姐。」駱以聲揉揉眼睛，還是一臉愛睏。

「早。」身旁的白髮青年則是維持一貫的簡言。

「跟他說了嗎？」三人走往電梯的路上，駱以安開門見山地便問。

黃雅鈞心情極好，臉上的表情與昨天青年們所見的彷彿判若兩人，她點點頭，笑著道：「哥哥的態度就跟你們說的一樣，這下我更有自信去面對考試了。」

「這樣很好耶！全力支持雅鈞姐——」剛趕走瞌睡蟲的駱以聲舉起雙手呼號，完全沒有顧慮到自己走在安靜的走廊上。

「謝謝，有你們的支持一定會有好成績的。」

她與兩人走進電梯，卻在食堂的樓層與他們道別，接著前往一樓大廳。

她腳步匆忙，卻不忘跟櫃臺的小姐打聲招呼，接著前往停靠在外頭停車格的機車，打算早點將書買齊，以便有更多時間預習。

抵達書局的時間，正好是人最多的時候，也可能是接近考試月，所以前往選購參考書的學生也比平常多了好幾倍。

她很清楚知道自己要尋找的書在那層，便直接前往指定樓層。

配合考試月的關係，相關的書籍都打上七九折等優惠，甚至一次買多本還有更划算的價格，她也趁機買下兩本法律相關用書，並順便在文具區逗留了段時間。

買齊東西，她騎車經過河濱公園時，突然心血來潮的找個地方停下車子，想趁天氣晴朗來慢跑運動一下。

尤其是現在天公作美，天色海藍宛如一片汪洋，僅有幾朵軟綿透明的白雲懸浮點綴其中。

正要邁開步伐，口袋卻傳來手機的振動，還有耳熟能詳的鈴聲迴盪在耳邊，她掏出手機一看，上面顯示著來電者——哥哥。

趁著沒有任務纏身的黃雨澤特地回家一趟。

老家位在內湖一帶，是依山傍水的高級住宅區，不過目前爺爺所居住的地方不是奢侈建造的豪宅，而是占地頗大的日式木造房屋。

屋子內有著錯縱複雜的廊道，要不是因為熟悉自家的環境，第一次來的人肯定會迷路。

他抵達家時，黃家爺爺正好在家門口的庭院與鄰居家的老翁一同下棋。鄰居率先發現黃雨澤返家，出聲喊道：「這不是雨澤嘛！怎麼有空回來哩——」這一喊，便引起黃爺爺的注目。

「我回來陪爺爺的。」

一聽他這麼說，老翁連忙起身撤掉這場棋局，「這樣啊！那你們祖孫倆好好聊聊吧，我晚點再過來找你爺爺。」

老翁一走，年屆半百的老人家便站到他的面前，黃雨澤仔細看著爺爺，只是兩個月不見，感覺得出來他又蒼老不少，歲月無情地在他身上割下一刀又一刀的傷痕，烙印在衰老的肌膚上。

雖然冷著張臉，但見到自己的愛孫回來，老人家還是愉悅地問：「怎麼突然回來了？你的工作告一段落了是嗎？」

「算是吧，剛好有空回家來看看您。」

黃雨澤跟著爺爺進入木造大屋，赤腳踩踏在冰涼的橫紋木製走道上，經過祭拜牌位的祠堂，沿著走道彎過九十度，經浴室的木拉門，上面紙糊的地方還可以看見小時候調皮畫上去的塗鴉。

他隨著爺爺的領路，走到一間密閉的空間，房間的角落疊著整齊方正的棉被，腳下的榻榻米觸感令他不禁的懷念起以前還住在家裡的日子。

每次待在這裡，便彷彿時光倒轉，可以看見不少特別的景色，譬如都市所沒有的寧靜、空氣瀰漫的芬芳花香，最重要的是角落的檜木矮櫃，上面仍然立著一只相框。

相框內的照片有著四人身影，一對夫婦與爺爺展露笑容的面向鏡頭，在夫妻倆前還有一名約兩歲的男孩子，剃短的黑髮襯托出圓潤的頭型。

那是雅鈞還在母親肚子裡時拍攝的，只是後來……

「這相框你就順便帶回去吧。」爺爺繞到矮櫃邊，將相框交給他。

突如其來的動作讓黃雨澤愣在當下，他下意識伸手接了過來，卻慢了半拍才開口：「可、可是爺爺，這是很重要的東西不是嗎？」

「孩子啊，就因為是重要的東西，爺爺我才要將它交給你。」

聽完了爺爺的話，黃雨澤緊握著硬被塞入雙手的相框，彷彿害怕下一秒就失去。

「讓爺爺猜猜，這次回來又是因為雅鈞的事情吧。」洞悉一切的黃家爺爺，馬上就猜測到他回來的目的。

黃雨澤也不意外的點頭：「嗯，我想找爺爺商量一下。」

「為了什麼？」提到孫女時，老人馬上垮下臉，轉成一張冷冰冰的臉孔。

「雅鈞長大了，現在是一個二十一歲的大女孩，她有她想做的事情，爺爺老是將自己的想法壓在她身上，雅鈞並不會開心。」老實說，以前他就常與爺爺討論關於雅鈞的事，只是並沒有明顯的效果。

「我只是在保護我的孫女。」兩人打直膝蓋跪坐在彼此面前，他仍舊一派威嚴，口氣嚴厲。

「爺爺，那不是保護。」無論如何，黃雨澤這次打算站在妹妹的立場來與爺爺講清楚，他不停翻攪腦中的詞句，試圖整理出可以說服爺爺的話。

「我看過的人、接觸的人都比你們還多，我知道現在的社會險惡，若是讓她用天真的想法去過日子，最後只會弄得渾身傷痕累累，甚至打壞黃家名聲，所以我不覺得我的方式錯了。」

黃雨澤聞言，極力耐著性子維持好聲好氣，打算軟化對方心中的那份堅持，「爺爺，保護的方法有很多種，其中一種叫做放手。」

「孩子，你現在的意思是我嚴格管教自己的孫女錯了嗎？」

尷尬的氣氛瀰漫在兩人之間，其實過去每當提及這類的事情時，最後都會演變成這樣子，這是兩人所不樂見的，偏偏想法上的差異總會讓爺孫倆陷入劍拔弩張的局面。

「爺爺，雅鈞長大了，您不應該只站在自己的角度去否認自己的孫女，這樣她不會快樂的。」

這話一出，他明顯見到爺爺的表情更加沉重，肩膀也垮了下來，宛若大塊的石頭從天而降，壓著他瘦弱的身軀。

「爺爺還記得以前怎麼帶大我的嗎？」黃雨澤接著問：「不論我要什麼，爺爺都會買給我，如果我被欺負了，爺爺也一定會替我討回公道，在我面前，爺爺就是一個慈愛又溫柔的人，爺爺給了我父母所沒能給的童年，這一切都是爺爺對我的溺愛。」

見爺爺沉默不語，他深吸口氣，接著道：「但是雅鈞……我記得小時候你總是嚴厲的教訓她，無論她想要做什麼，都無法輕易得到爺爺的同意，然而這一切就因為她是一個女孩子，所以做什麼都不得你心，我覺得這樣很不公平，我們同樣都是您的孫子啊！」

「孩子，你想說什麼？」事到如今，他已經聽得一頭霧水。

「我想說的是，爺爺分得清出自己對兩個孩子的想法嗎？」他等了幾秒，見對方並沒有明確的回應，只是睜大著雙眼望著自己。

黃雨澤見狀，幾不可見地嘆了口氣，「一邊是愛，一邊是不愛。我知道傳統的教育讓爺爺只重視男孩，可是這是不公平的，兩人都是您的孫子，如果今天不是雅鈞，而是一個不懂事的女孩，別說鬧事，更有可能摧毀整個家族名聲的，我不要求爺爺可以像愛我一樣疼愛雅鈞，可是我希望您至少可以站在她的立場去用思考，不要一味的要求她照著你的要求走。」

黃雨澤以指尖指著自己，「就像爺爺對我的教誨，不就是希望我拿一個高學歷，做一份自己喜歡的穩定工作嗎？因為爺爺對我的全然信任，所以我辦到了，那麼——」深吸了口氣，他慎重地開口：「爺爺從我身上看見答案了吧！」

對方陷入沉思，時間彷彿被放慢了好幾十倍，黃雨澤到最後連呼吸都覺得讓人難以承受。

最後他瞥了一眼手腕上的錶，兩手按著膝蓋起身，「時間差不多了，我要先回事務所報到。相框我會留著，然後這是雅鈞的電話。」

他決定將自己的手機交給爺爺，上面已經事先按好雅鈞的號碼。

拜別過老人家，黃雨澤踩著赤腳回到玄關前，彎腰穿上鞋子，並拍拍褲子上的灰塵，接著大力拉開眼前的紙門，踏入正午時分的陽光。

只是放手讓孩子自由成長，這沒有多難……對吧？

在我身上您看見了成效，沒有道理不能用在雅鈞身上，對吧？

可以的，只是一句我相信妳，沒有多難的，對吧？

「爺、爺爺……」

黃雅鈞握著手機的右手還垂在身側，手機螢幕仍顯示通話中。

『不管妳讓雨澤來對我說什麼，我還是要妳照著我安排的未來走，因為，爺爺的眼光從來沒有出錯過。』

冰冷的句子透過話筒傳來，她腦中的思緒瞬間被打亂，突如其來的大浪將一切摧毀殆盡，縱使她有任何想法都被沖擊得支離破碎，只剩下刷白的腦海，擠不出任何反應。

一陣兇猛的疼痛自腹部傳來，她兩手環著肚子，試圖以呼吸舒緩，只可惜效果不彰，劇痛像小蛇咬碎她的神經，並且順著血液傳遍全身，短短幾秒就併發頭痛及四肢癱軟無力，儘管意識還在，她的腦中命令卻沒辦法藉由神經傳導到身體各處，瞬間——黃雅鈞只是覺得自己僵硬了。

怎、怎麼回事？她不知道這是什麼情形，感覺雙腳脫離地心引力，身子輕盈的飄在半空，除了一股讓人難耐的痛苦外，她還嚐到一種源源不絕的能力從身體深處襲來，將她一點一滴的拉往充滿黑暗力量的黑池裡。

「爺、爺爺……」她的唇自動地說出這兩個字。

「果然、果然，還是沒有未來的嗎……」

「果然，我跟哥哥是不一樣的存在……」

『吞噬吧，將一切都不留痕跡的咬碎吧！』

她聽見熟悉的聲音，雖然她迅速辨識出那是自己的嗓音，但那聲音卻是從腳下傳來。

循著視線往下看，她腳下的影子彷彿擁有自主意識般，塑造出一只巨大鳥籠將自己關在其中，她感覺眼皮頑強的沉墜，覆蓋視線所及的一切，只剩下自己紊亂的呼吸，以及伴隨在風聲中的哭號。

原是平靜的事務所，剎那間亮起紅色警示燈，明亮的走廊與室內撒落不停轉圈的紅色光線，提醒所有人有緊急事件發生，尤其是巡影者，紛紛著裝戴上耳麥於左耳，試圖第一時間了解狀況，並指派夥伴前往指定地。

偵查室裡每人都忙得不可開交，正與雙子一同行動的貝娜朝雙手忙碌的巡影者幹部詢問：「怎麼回事？」

「發現影獸的位置，在河濱公園！」

黑卣雙手靈活的敲著鍵盤，將河濱公園其中一架攝影機的影像鎖定在眼前整面牆大的巨大螢幕畫面上。

「有語音回報，接嗎？」在黑卣身邊的女子接著回報狀況，駱以安瞄見對方的名牌，上頭寫著金絲雀。

貝娜點頭，螢幕從河濱公園的景色切換成模糊的影像，花上幾秒鐘才漸漸清晰。

螢幕上的影像夾雜破風聲還有怪異的嘶吼，一名成年男子一手壓著耳朵的裝置，躲在一輛車門後像躲避什麼的呼喊：「我剛好在附近，不過情況並不樂觀，黃雅鈞現在已經失控了！」

男子留下這麼一句便斷訊，切回臺北地圖時，貝娜向雙手停在鍵盤上的黑卣下了命令，「幫我接一下無線麥克風。」

對方按下一個鍵，比了個ＯＫ手勢，「所有事務所的巡影者聽令，全部趕往河濱公園的位置，一定要阻止黃雅鈞的影獸！」

麥克風關閉後，駱以安察覺到貝娜臉色相當難看，不禁關心地問道：「妳還好嗎？」

「這可不妙啊……現在是正午時間，要是讓人們看見影獸的模樣可是會天下大亂的。」她喃喃自語著，接著拍拍兩兄弟的肩膀，「你們也趕快出發吧！樓下已經備好車帶你們到河濱公園。」

「那妳呢？」駱以聲望向貝娜。

她卻搖了搖頭，說明自己不能離開崗位，「我雖然是巡影者的一員，可是我負責的是輔佐司令的位置，所以我必須待在事務所，為外頭的夥伴下達正確指令。」

貝娜從口袋掏出兩樣裝置放在兩人的手心，「這個你們戴著，就可以收到即時訊息。」

兩人將白色耳麥掛在耳上，隨後遭貝娜推了一把，「快去吧，正是需要你們的時候！」

駱以安與駱以聲兩人折返回電梯，一抵達大廳便看見奢華的大門外停靠著一輛昨天坐過的黑色轎車，對方按了一聲喇叭，提醒兩人上車。

匆忙上車後，司機捏著帽沿微微致意，「我已經接獲通知，馬上帶你們到河濱公園。」

這輛車沒有違背交通號誌也沒有超速，卻在前進的路上讓兩兄弟感覺到重心不斷被往後拉，可見車速比起昨天還快得許多，這下害得兩人都摀著嘴，只差沒把吃下肚子的早餐吐出來。

「忍著點，我們可是在跟時間賽跑。」司機挪動排檔器，踩下油門，不把旁邊的汽機車看在眼裡的穿過馬路。

花不到十幾分鐘就抵達一座安靜的公園，說這是公園倒不如說是一整片寬敞的草地，放眼望去可以看見一條寬闊、流速平緩的河域，兩人終於明白為什麼這裡要叫做河濱公園了。

看似祥和的地方讓駱以安察覺不到任何危險，就在兩人正以為是不是搞錯位置時，一道爆炸聲轟然響起，順著聲音望去，他們在不遠處的草坪發現兩臺黑色的車，幾抹人影正往其他方向逃竄，當中還有一名長髮飄逸的女子懸浮在半空中。

由於距離甚遠，他們沒辦法看得更加仔細。

駱以安隱隱覺得事情有些不妙，語氣倉促地開口：「趕快走吧！」

一走近現場，才發現兩輛黑色轎車內空無一人，而且車殼都有明顯的外傷，甚至燃起火焰隨時都有可能引爆。

大部分的巡影者都躲在車身的身後，氣喘吁吁，滿臉傷勢不知如何是好。

「你們就是那對雙子？」一名輕年開口問。

駱以安有印象說話的這名青年就是剛才影像中的那人，他的額頭有擦傷，流下一絲鮮紅的血。

「是。」駱以聲動動筋骨，脖子發出『喀喀』兩聲，他看著青年疑惑地問：「我們現在該怎麼做？」

「這應該問你們自己吧！」青年睜著眼，低語：「怎麼會有什麼都不懂的雙子啊……」不過還是被兩人聽見。

「把影獸擊潰就可以了。」即使如此，青午還是耐著性子回答。

話才這麼說完，駱以聲就瞥見青年手上握著的一把黑色短槍，「那你們直接射擊不就好了嗎？」

「不行啊！雅鈞剛好困在裡面，要是開槍的話絕對會誤傷到她的——」

青年手隨即一抬，雙子順著對方的指引瞥見半空中的渺小身影，只見黃雅鈞全身被關在一只鳥籠裡面，雙眼失去焦聚凝視著底下人群。

再仔細看，鳥籠裝置在一名人型黑影的胸骨處，那人型全身烏漆抹黑，隱約可見猶若犬獸的面孔，銳長的尖耳上掛著耳飾，身穿一件連身短裙，兩手握著一根金色的長棍，棍上隱隱可以發現一些怪異的紋路。

「那是豺狼嗎？」

之前去圖書室時，有本書引起駱以聲的注意，雖然他讀不懂內容，不過有稍微向其他人請教過幾個單字，因此也記住了不少書中的內容，那本書專門介紹埃及的文化，讓他印象深刻的多屬內頁中的彩圖，其中一張便是眼前的影獸。

懸浮在半空的豺狼人影揮空棒子，刮起逆時針轉繞的旋風，花上幾秒就塑造出沖天的龍捲風，強勁的風力將鄰近的兩輛轎車全捲上天空，就連躲藏在車身後的人類也無一倖免。

兄弟倆趴下身體，體內一股蠢蠢欲動的飢餓感正刺激著兩人的腹部，乍看旋風的威力強大，卻沒辦法將他們帶上天空，駱以聲並不太清楚是什麼救了自己一命，但駱以安卻判斷是身下的影子牢牢固定住他們輕飄的身子。

「騙、騙人的吧……」豎立在駱以聲面前的灰色龍捲風不停地轉繞，將螻蟻般的人類捲上高空，每個人都扯著喉嚨發出尖叫，他眼睜睜的目睹這一切，這才知道自己多麼無能為力……

兩人第一場與影獸的戰鬥，卻沒料到這隻影獸是從黃雅鈞的身上誕生。

在兩人無計可施的情況下，周圍突然染上一片怪異的青藍色，他們身下的草地倏地浮現出白色的圓形時鐘，上面刻畫十二個鐘頭，還有指針與分針分別指向十二與三的數字。

旋風突然在青年們面前停止不動，半晌，有道聲音從他們後方傳來。

「很抱歉，添麻煩了。」

黃雨澤全身也染上青藍色，身上穿插發出怪異光輝的紋路，整個人像訊號板般閃爍不停。

他站在雙子面前，低聲懇求，「求你們了，把雅鈞帶回來。」

這件事情他也是剛才才從黑卣那邊得知狀況，無論如何，眼前的怪物是自己的妹妹、是事務所的家人，他能仰賴的就只有眼前傳說中的雙子。

「求你們了。」

他只是個能將時間靜止的巡影者，論戰鬥能力，並沒有特別的出色。

駱以安牽起駱以聲的手，轉過身背向他，雙眼盯著半空中那抹巨大的影獸黑影，這是他們初次『見識』到影獸真正的存在，也了解到牠對人類貨真價實的威脅。
「我會的。」駱以安保證道。
「因為我們也有責任要負。」駱以聲笑著回應。

第七章 愛的信任

「我會運用我的能力協助你們的，就從它開始。」

黃雨澤雙手合掌，胸口配戴的墜鍊發出璀璨的紅色光輝，並將光線射向四周。

『倒轉時之刻！』

一陣氣流從他的腳底向上沖天，瘋狂吹過他的髮絲。

眼前的高聳旋風在腳下的時鐘往前一個鐘頭挪動時，瞬間蒸發瓦解。

下一秒，青藍色的靜止效果裂出蛛網，這樣的靜止效果撐沒多久就讓黃雨澤的體力吃不消，只見三人眼前的影獸再度揮起手中的棍棒，上空乍現三顆燃燒旺盛的火球，拖曳著長尾筆直往下墜衝。

三人反射性地往各自的反方向翻滾避開，駱以安回過頭來確認另外兩人平安無事，便發現著地的火球在地面燒起火焰。

『駱以安、駱以聲，有聽見嗎？』耳機傳來貝娜的聲音。

駱以聲學著之前那位青年的動作，輕壓左耳上的裝置，激烈地開口說道：「這是怎麼回事！我們完全不知道該怎麼做，而且雅鈞在那個鳥籠裡面！」

『那是雅鈞的影獸，埃及守護神・阿努比斯，是個棘手的影獸。』貝娜立即請黑卣調查出不少關於阿努比斯的資料，接著道：『小心棍棒，那是可以呼風喚雨的武器，你們要做的就是找出阿努比斯的賢者之石並摧毀，如此一來雅鈞才會得救。』

「可是我們該怎麼找？」駱以安想阻止這一切，不過，他卻沒有任何經驗可以告訴他該如何操控體內那股不尋常的力量？

『照著直覺走就對了，你們可以的，回想一下你們體內影獸出現的那一晚。』

阿努比斯改變行動模式，牠以左手持拿棍棒，並騰空空揮一記，右手製造出雷光斥響的雷電，牠不給眾人反應時間，立即脫手，雷矛便直接閃過駱以安的眼前。

回想……那一晚……

駱以安右手本能的放在腹部上，接下來，他的行為彷彿擁有自主意識，白色的雙眸散發一股冰冷無情，專注凝視飛迅射墜的雷矛。

驀地，心底的深淵忽然盪起自己的嗓音。

『再次臣服我吧，你會需要這股力量的。』

駱以安沒有選擇的餘地，也沒有那個時間去猶豫，見光雷直逼眼前，他任那聲音控制住意識，轉瞬——體內充滿了一股充沛的力量，永無止盡的從內心的深處激發出來，比起剛才的蠻力還更強勁、更欲罷不能、更不受控制地傳遍全身上下的神經與細胞。

氣流從腳底下逆時針飛旋而起，撥撩起灰白鬢絲，露出光禿的額頭。

駱以安將雙臂向後打直，在攻擊襲擊到身的前一刻，兩手迅速往前並伸出，掌心向外猛勁一推，將刺眼的雷矛一擊瓦解，沒能傷到青年半毫。

「哥……你、你的背後。」

駱以聲望見青年的身後出現三尺高的巨大人影連著他的影子，身軀淨白，動作與青年一致，影子將雷矛的威力全消弭，卻沒對自己造成任何損害。

「這就是，影之力……」駱以安唸出印象中熟悉的名詞，全身都略微感覺得到那股難喻的不可思議。

阿努比斯見狀動了動眉毛，以輕蔑的姿態再度揮動棒子，瞬間──兩條水色鎖鍊從雙子身旁的河裡射出，不偏不倚的綑綁住三尺高的人影雙臂。

可怕的是，即使待在影子保護之下的駱以安，雙手同樣地遭到束縛，全身動彈不得的咬牙掙扎。

看見駱以安如此痛苦，駱以聲像是掌握到什麼訣竅似的上揚嘴角，露出豪邁的笑容。

這次，氣流以逆時針的方向從黑髮青年腳下鑽出，吹開他的黑色襯衫，一股能量從他腳下的影子延伸出去。

立在他身後的，是擁有濃郁墨色肌膚以及以白色布條遮綁雙眸的臉孔。

駱以聲的右手自動地高舉向空，接著五指並攏向下一揮，身後的黑色人影也做出同樣的動作，將水繩鎖鍊一擊成兩段，固體的武器瞬間化回原形，迅速流淌回河內。

「真是源源不絕的力量啊，感覺全身都好有力喔！」

駱以聲驚愕自己的體內有著如此充沛的能源，而那些都將會轉為力量助予自己一臂之力。

駱以安側過臉，用眼角餘光瞄向處在身後的青年，「雨澤，準備好了嗎？」

「差不多了，我們可不能讓阿努比斯暴露在人類面前。」黃雨澤雙手再度合掌，剛才消耗的體力還沒恢復，緊接著又要去面對下一場挑戰。

因為他一想到眼前的影獸是雅鈞，內心就有道聲音催促自己不能放棄，要是放棄的話，他就將失去這唯一的妹妹。

「喝啊——」他將雙手敞開，塑造出一個青藍色的光圓籠罩大地，「我撐不了多久，最多只有幾分鐘的時間，要是這個光消失的話，人類就會看見阿努比斯了，所以，請你們一定要即時把雅鈞救出來！」

維持著敞開的身姿，黃雨澤把希望放在雙子身上嘶吼道。

兩人點點頭，背向黃雨澤，抬起視線盯著浮在半空的阿努比斯。

他們能從牠的身上接收到前所未有的壓迫感，光是從對方那對紅寶石色的眼眸就能感受到被撕裂的錯覺。

牠長嘴瀰漫淺透的白氣，驀地牙一咬，棍棒脫離牠的雙手，不停地在自身面前繞圈，同時間，蒼綻的藍天乍現無法計量的火球蓄勢待發。

數量一顆、兩顆、四顆的以倍數增加，兩兄弟不多想，也明白這是一場難逃的攻勢。

「哥，你覺得我們該怎麼辦？」

面對漫天火雨，駱以聲想不出任何辦法，甚至懷疑起自己現在這副模樣真的有辦法撐住這波攻擊嗎？

只是當他視線轉到身邊的哥哥身上時，駱以安堅定的神情，卻讓他的心安了下來。

「不管了，就讓我們大展身手吧！」駱以聲看出駱以安的決定，他以身體的本能開始行動。

只見他兩手往上一掀，足尖前的一塊土地順勢翻騰而起形成一面三人高的土牆，浮在天空的火球像是有生命般急速往土牆攻擊，一聲又一聲轟天巨響響徹寂靜的夜空，這樣的情勢維持十秒之多，直到他雙耳聽見最後一聲爆破聲，一切又歸於平靜。

然而土牆卻沒有絲毫龜裂，只有表面轟炸出大小不一的圓坑，駱以聲雙手一撤，土牆又緩緩倒回地面，融入地表，彷彿一切未曾發生過。

「解決牠以前，我們要找出賢者之石，而且要把雅鈞從牠的胸前給拉出來。」駱以聲下了個結論。

「我知道。」駱以安專注地注視著阿努比斯。

「可是牠會飛，我們該如何縮短距離？而且這是我們的第一戰，對牠根本一知半解……」駱以聲不安地詢問哥哥。

「我想牠應該是擅遠不擅近的類型，你剛才都沒看見牠有接近我們的行動吧。這是我的判斷，你覺得呢？」駱以安側頭看向身邊的弟弟。

「可是就算真的是這樣，那我們該怎麼做呢？」駱以聲不擅動腦筋，腦袋想的全是派不上用場的作法。

「用最原始的方法，把牠打下來。」

語畢，處在駱以安身後的白色人影急速抬舉右手，五指彎曲，掌心冒出一團『白光火玉』，隨著重心改變，白光往天空拋去，筆直的往阿努比斯射去。

阿努比斯見狀將棍棒一揮，那團白火直接撞上一層透明的紫牆，火光瞬間飛散消失。

這一幕意外的換來牠對人類的鄙視，「呀哈哈哈哈哈哈——」

「看來，真的不簡單呢，可是我才不會輸！」駱以聲後方的人影比駱以安更懂得掌握技巧，他站穩腳步，手臂往前一揮，身後的巨大黑影同時拋出掌心裡的『黑光火玉』，一顆顆全以散亂的隊形襲向在高空盤旋的阿努比斯。

但牠卻輕巧的飛離原位閃過攻擊，駱以聲咬牙，「嘖，才不會讓你跑呢！」

隨後兩手拚命擺動，不斷射出已經失去目標的『黑光火玉』，並積極的追在阿努比斯的身後。

「哥！」他不打算給阿努比斯喘氣時間，於是朝身旁的青年大吼。

「我知道了。」

駱以安頷首，身後的白色人影凝聚出三只『白光火玉』，集中目標往阿努比斯的飛行路徑丟去。

阿努比斯反應不及，牠的胸口遭到『白光火玉』擊中，接著，從後方急追而來的『黑光火玉』也無一遺漏的砸向牠的身後，阿努比斯的胸前與背脊燃起旺盛的黑白烈焰，牠開始痛苦的哀鳴，那聲音悽慘刺耳，尖銳的讓黃雨澤按奈不住的跪地，他的雙手不聽使喚的顫抖，口中更是嚐到從鼻中流淌下來的溫熱液體。

眼見阿努比斯失去重力往下墜落，駱以安抓準時機大喊：「就是現在！」

抓緊此時是牠最脆弱最沒有反抗力的時候，駱以安身後的白色人影伸長手臂抓住阿努比斯胸前的那只鳥籠，但是單憑一隻手的力量卻沒辦法將其拔出，同時間，鳥籠的另外一側插進一隻同樣巨大的黑色巨掌，兄弟倆同心協力站穩腳步，重心向後一扯，硬生生將鳥籠從阿努比斯的胸前拔出。

鳥籠受到拉力一扯，在草坪上滾了幾圈，最終，墨色的欄杆緩緩呈現透明，在幾十秒之內，一只鳥籠就從所有人的眼前消失，只剩虛弱的黃雅鈞倒在青年眼前。

「雅鈞！」黃雨澤大喊，正打算接近自己的妹妹。

駱以安卻出聲制止，「等等——先做好你該做的事，雅鈞我們會想辦法。」

眼見想拯救的人就在眼前，卻不得接近，一切都因為這場戰鬥還沒有結束！

只見由黃雅鈞體內誕生出來的阿努比斯，雖然遭到擊中而墜落地面，但牠仍維持著犬狀外形撐起身子，那高聳巨大的體型竟是比青年還高出兩倍。

『憑雙子之力，也想來阻止與神為伍的我嗎？』阿努比斯狼狽地開口。

「見鬼啊！我怎麼不知道影獸會講話?!」受到驚嚇的駱以聲，連忙倒退一步。

『哼！不懂得自己身分立場的小鬼頭。』

阿努比斯將長棍的底部往地上一敲，地面隨即發出劇烈震晃，兄弟倆一個站不穩，紛紛跌坐在地。

『挑戰神是愚昧的行為！』

第二擊一落，阿努比斯後方的草地突然現出幾條蛇影，張著血盆大口往雙子逼近。這項以土為主的武器架構，就與剛才駱以聲所使用的土牆是類似的技能。

「喝啊！」

駱以聲左手掐住一條土龍的頭部，右手維持手刀的姿勢斬斷龍首。卻不料右側也有一條從死角進攻的龍頭，牠直接咬住人影的身軀，連帶的將駱以聲甩了出去。

白色人影則是兩手各掐著龍頭，憑五指蠻力直接捏個粉碎，只是當他發現弟弟遭到攻擊，還是忍不住驚恐的喊出聲，「以聲！」

『愚昧，我將以神之名制裁你們！』阿努比斯卻不斷發動攻擊。

駱以安腳下的位置，開始大面積的突起，他還來不及訝異，從地面隆起的龍頭就將他打向半空中，他穩住心神，矯捷的翻轉了幾圈後，眼神還沒恢復定焦，便隱約又見從阿努比斯身後竄起的土龍現身在面前。

敵人來得又快又猛，他只能兩手擋在胸前，勉強吞下這記悶痛，整個人往駱以聲飛去的方向墜落。

『哈哈哈哈哈哈哈哈哈哈哈哈——』阿努比斯一副嘲笑的口吻，完全將雙子打著玩。

倒臥在地的兩人被阿努比斯揣起又甩出，半晌，駱以聲卻突然感覺不到飛行的速度，只覺得自己栽進一個軟綿的懷裡，他視線慌張一抬，發現詹勝安將他抱在懷裡，兩腳因牠的推力退了幾步，卻是牢牢的護住自己。

另一邊，駱以安墜落的半途上，他的身體已經不聽任何使喚，完全無法保護自己，加上那股衝擊讓他的雙手顫抖個不停，手臂彷彿骨折似地隱隱作痛……

忽然，一抹人影從地面躍起，一手在下一手在上的將駱以安護進自己的懷底，接著單膝觸地的抵達地面。

「沒事吧？」

楊孟樂將駱以安放了下來，他軟下身子，全身上下滿是傷痕，而且方才出沒在青年身後的三尺人影也都已經變回影子回到腳下。

「你們未免傷得太重了吧……」詹勝安忍不住傻眼，只見駱以聲也癱倒在地上，全身氣喘吁吁、身體多處擦傷，這還是他加入事務所這麼久，頭一次見到雙子這麼狼狽不堪的。

「牠可不簡單啊……」駱以聲花上大半力氣才擠出一句。

「是不簡單，但好險牠還是有弱點，你們也尚未完全掌握能力，會落敗是理所當然的了。」

駱以安身旁的楊孟樂口氣淡然，眼鏡下的雙眼看不出喜怒。

他掛在脖子上的墜飾發出赤色光輝，腳下的影子開始有意識的扭曲變形，緊接著爬上男子的大腿，緩緩往右手凝聚聚集，一瞬間就塑造出一把漆黑無比的黑色長劍。

不過仔細一瞧，便能發現它是一把黑得發亮的武器，只是劍身有著銀白色的裝飾雕刻紋路，從劍尖直達劍柄處。

詹勝安跟上楊孟樂的腳步跨過碎石，右手手臂上掛著一只墨色菱形盾牌，這只盾牌的造型類似中古世紀的騎士款式，沒有什麼特別之處，與楊孟樂的劍一樣擁有黑得發亮的特質。

「好好休息，我們來幫你們爭取點時間，雖然那傢伙距離我們這麼遠，我就不信我跟阿樂打不下牠。」

兩人並肩站在一起，楊孟樂舞起手上的劍，魄力十足的揮了揮，「我們這就來替你們開闢一條成功的路。」

瞬間，兩人腳一蹬，快速接近阿努比斯。

阿努比斯見狀，牠輕蔑的掃過兩人一眼，揮起一記棍棒，彎刃的劍氣從棍棒的身上釋放出來，飛快衝向楊孟樂。

只不過楊孟樂依舊無所畏懼的往前衝，直到肉眼可見的劍氣已經逼近自己不遠時，一旁的詹勝安突然跳了出來，舉起手上的盾牌與之迎擊！

「砰——」

盾牌絲毫未損，劍氣撞上堅不可摧的盾牌，並未造成絲毫傷害，楊孟樂揚起唇角，滿意一笑，「不錯，還真有默契。」

「那是當然的了，誰叫你是我的夥伴！」詹勝安將盾牌移開，眼看成功誘近阿努比斯，兩人邁開步伐狂奔，這下讓阿努比斯也不禁緊張起來。

牠打算讓自己浮空避開追擊，因為只要距離一拉開，牠就不必擔憂危險。

只可惜楊孟樂已經找出牠的破綻，他轉頭對夥伴大喊：「勝安，我需要盾牌——」

「馬上來！」詹勝安立刻頓住腳步，接著身轉下蹲將兩手疊合在一塊當成支撐點，並將盾牌面向上方。

兩人十分有默契地配合對方動作，只見楊孟樂跨腳一蹬，輕點盾牌借力使力往天空一躍——

詹勝安卯上全力，奮力吼出：「上啊——」

楊孟樂迅速接近阿努比斯，他右手牢牢緊握手上的黑劍，不留情面的往左斜下方砍進阿努比斯的左膝蓋，並迅速再往右一劃出一道水平斬，接著阿努比斯瞬間噴出大量的影氣，潑撒上他的身軀，將他染了一身黑。

下一秒，地心引力用力將他往下拉，正當他以為自己就要摔死的剎那，一隻黑色的手從遠處伸來將他牢牢握住，並將他安放在草地上。

「呼……還好我趕上了。」駱以聲鬆了一口氣，接著瞥向駱以安，關切地詢問，「哥呢？」

沐浴在氣流迴旋的駱以安也兩手一張，足下的影子再度釋放出白色人影，「我也好了。」

兩人的呼吸變得越來越急促，心跳也開始絮亂不整，他們甚至感覺到胸腔陣陣刺痛，幾乎無法忍受身體的異變。

尤其是腹部，飢餓感遠超過之前所體驗過的，那種空腹的感覺像是整個胃被人掏空般，彷彿填也填不滿，只想馬上大快朵頤。

在這裡絕對不能迷失自我！駱以安想盡辦法吞下慾望，無奈喉嚨像是有人拿烙鐵狠狠刺入，灼燒般的痛楚自他的咽喉往下蔓延，瞬間星火燎原，整副身體的毛細孔開始鑽出沸騰的白煙。

不只駱以安，就連駱以聲也雙手環抱著肚子，身上冒著類似的白煙。

「就差最後一步了……以聲，振作點。」他見過駱以聲迷失自我的狀況，因此就算自己也快要把持不住，他依舊透過呼喊，希望可以穩住弟弟的意識。

駱以聲感受到了，他勉強轉過頭，虛弱的看了哥哥一眼，「呵……謝了，哥。」

兩人不敢保證若是意識消失會變什麼樣子，既然無法猜測，就得全心全意的防範這種情形發生，這是兩人所想的結論。

另一端，受到影劍砍傷的阿努比斯發出慘叫，陣陣聲波衝擊底下倖存的巡影者們，而雙子則是幸運的靠身後人影的手臂保護，阻止這陣刺骨聲風。

等到風一停，後方便傳來黃雨澤急迫的叫喊，「時間快不夠了，求求你們！」

所有人都注意到包圍這一帶的青藍色壁障正以小規模的速度裂開，隨著時間分秒流逝，面積擴散得越來越廣，這讓使空間凝結的黃雨澤頻頻冒出冷汗，他的雙臂與膝蓋顫抖不已，紊亂的呼吸與雙肩抖得厲害，他闔上一隻眼，將希望寄託宿在眼前的鬥士們。

夜空中，阿努比斯即使身受重傷，卻依舊持續浮在高空，那高度已經不是楊孟樂可以攻擊得到的高度，待在眼鏡隊長旁的詹勝安冷哼一聲：「這樣的高度根本就讓人沒輒，你有想到其他辦法嗎？」

「若是有臺直升機，就可以直接把牠轟下來了。」

詹勝安同樣束手無策的喃喃自語，這讓楊孟樂靈機一動，「目前是沒有直升機，不過倒是有——」

他轉過頭面向待在後方的雙子，兄弟倆都往天空的阿努比斯望去，駱以安眼角餘光發現楊孟樂的注視，他皺了皺眉，不了解對方的打算。

「原來如此，我懂了，那我也得做好我的工作。」詹勝安理解了他的打算，他彎下膝蓋，打算以自己作為夥伴的支撐點。

「以安、以聲，我需要你們再用剛才那招將牠轟下來，數量越多越好，逼得牠走投無路。」為了讓任務能儘快完成，楊孟樂清楚的說出自己的打算。

兄弟倆點了點頭，兩隻手向外一敞，以掌心朝上的姿勢讓身後的人影也擺出相同動作，接著屏氣凝神，製造出威力強大的黑白火玉。

數十發的火玉一個個丟上天空，不管阿努比斯如何逃竄，火玉像是擁有追蹤功能般，緊緊尾隨阿努比斯身後，由於方才受過的傷令牠速度減緩，不出幾秒就被火玉給追上。

緊要關頭之際，牠呼出朦朧的白煙，轉身面對迎面襲來的黑白火玉，接著手上棍棒一揮，一堵透明紫牆阻擋了眼前黑白混合的火玉，火玉撞擊到牆面便馬上幻化消失，徒留白煙裊裊……

「上啊！」一見機不可失，楊孟樂扯喉吶喊。

瞬間，無形的壓迫從阿努比斯身後傳來，牠不安的回過身，黑白火玉再次連綿不絕襲來，每一發都造成炙熱的灼傷，連帶的絞碎阿努比斯身周的黑色影氣。

面對不斷襲來的攻擊，阿努比斯發出宛如野獸般的痛苦哀鳴：「可惡的人類、啊啊啊啊啊——」

遍體鱗傷的阿努比斯沒辦法維持飛翔，楊孟樂見狀，往後一瞥已經蓄勢待發的詹勝安。

詹勝安不愧是他的好搭檔，只消楊孟樂一眼便知道下一步動作，只見他揚起燦爛的笑容開口：「還等什麼，把牠斬下來煮羊肉爐吧！」

「羊肉爐？」楊孟樂腳步一頓，偏頭問。

「我覺得牠長得很像羊！」詹勝安聳肩道。

楊孟樂笑了笑，踩上盾牌並運用對方的力道與自己的腳力猛地一蹬，瞬間便接近正苟延殘喘的阿努比斯。

他緊握著黑劍，由右往左斜砍一記，再狠狠追擊一刀，阿努比斯立即噴濺出大量的影氣，並發出刺耳的尖叫。

「為了守護人類的世界，絕不允許像你們這樣的廢物存在——」

楊孟樂操縱著影劍，做出『影水平多面斬』的最後一勢，將劍從右上角的位置往左下砍去，做出最後的收尾。

流利的影線在半空中劃出一道光影，楊孟樂輕而易舉斬斷阿努比斯的左腿膝蓋骨，成功將牠從空中擊落！

只不過他也難逃地心引力，失去重心的他等著狠狠摔落地面。好在底下的詹勝安敞開雙手，搶在他落地之前，牢牢的接住夥伴！

『就算我死……也要懲罰你們這些罪惡者……』

在墜落的同時，阿努比斯怨恨的聲音也隨著身體一點一滴的瓦解，牠膝蓋骨中藏著的賢者之石恰巧被楊孟樂砍碎，天空開始降下黑水晶粉雨，就連原本綁在牠胸前的黃雅鈞也隨著黑色碎屑從天空墜落……

只剩殘屑的阿努比斯狠狠撞上黃雅鈞身旁的地面，黃土地面瞬間裂開，土塊不斷往下陷，形成一個巨大的黑洞。

「糟了！」

深怕黃雅鈞隨著黃土墜入黑洞，楊孟樂打算向前查看，卻因為腳踝的疼痛而無法行動。

在那瞬間，一道人影穿越過雙子與楊孟樂，不顧一切地卯足狂奔，並以滑壘的姿態俯衝至陷下的邊緣處。

黃雨澤伸長手，一手抓住岩壁邊緣，一邊探出身子拉住正不斷往下滑落的妹妹！

「雅鈞！」

黃雨澤緊緊握住妹妹的手腕，成功制止她掉落隱隱可見地獄之火的深淵。

周遭，青藍色的牆壁滿是裂痕，看樣子再過幾十秒就會全數瓦解，黃雨澤內心暗忖，若再施展一次能力就能阻止牆壁龜裂，或許還可以再撐個一分鐘、或是更多……

但他卻沒這麼做，因為他不想放開親妹妹的手……

「雅鈞！」他輕輕喚著，想叫醒妹妹。

「哥……」黃雅鈞眼未啟，卻知道哥哥就在身邊。

「別放棄！」

強大的地心引力成為兩人之間最大的阻力，黃雨澤使出全身力量還是無法一口氣將她拉起。

「哥……我的存在，是多餘的吧？」

忽然，一陣強風颳來，讓她的身子有如風中殘燭般搖曳晃蕩。

「絕對不是多餘的，妳有妳存在的理由，絕對不是多餘的……」他深吸口氣，再度握緊她的手。

「可是爺爺……並不接受我，我好累、好累，我們已經沒有爸爸媽媽了，但爺爺的眼裡卻永遠都只有哥哥……」

「不是這樣的！」黃雨澤吼道：「若是他不在乎妳，他怎麼會替妳安排那些事，對不對？雖然那並不是妳想要的，但我們可以一起去改變他……要是、要是妳從這裡掉下去的話，那一切就結束了，更別說什麼改變！」
隨著時間流逝，黃雨澤已經漸感力不從心，他咬牙忍著手臂上的麻木，繼續鼓勵妹妹，「看看妳的腳下，掉下去妳就再也見不到我們，難道妳要放棄自己的夢想嗎？」
黃雅鈞瞥了一眼腳下的黑暗，隱約可見火光流動在最深處，她疲憊的仰起頭，對上哥哥赤紅的雙眸。
「可是哥不懂夢想被踐踏的感覺是什麼，我一心想當個律師，過著穩定的生活，這就是我的夢想。可是……爺爺卻把這一切視為糞土，硬是要我放棄，這感受你永遠都不會懂的……」
黃雨澤耳裡聽著妹妹的痛楚，手上的刺痛感越發強烈，她已經隨著地心引力漸漸滑落，他幾乎就要抓不住她……
「對不起，我沒辦法像哥哥那樣堅強，我好累、好累……」
「閉嘴！誰說我堅強了，那都是我的偽裝，其實我不堅強，我也有我的問題……人類其實都是懦弱的，所以我們才需要互相依賴、互相扶持，就算現狀無法改變，但我們還是可以靠雙手創造出一個讓自己也難以置信的奇蹟，難道妳連這點勇氣都沒有嗎?!」
黃雨澤憤怒的大吼，因為妹妹微弱的求生意志令他心慌，「世界上還有很多人比妳更痛苦，但他們卻勇敢的活下來，就算機率只是微乎其微，他們還是選擇去相信，妳呢？黃雅鈞！」

聞言，她垂落視線，盯著眼前的土色石壁不發一語。

各種負面情緒塞滿她的大腦，讓她幾乎忘了怎麼呼吸。

突然，大地一陣晃動，兩兄妹交握的雙手又拉了開！

「黃雅鈞！」黃雨澤驚恐大吼。

「哥……」聽到哥哥撕心裂肺的哭喊，她頑強的淚珠也忍不住從眼框中流下，直直落入漆黑的深洞。

「妳就這麼想死嗎——告訴我啊！黃雅鈞!!」

「不對、不對……哥，若是一切能改變的話，早就改變了，但——」

「那我們就一起改變啊！不是只有我，還有詹勝安、楊孟樂、貝娜、司令、黑卣、金絲雀、還有那對雙子，大家一定會願意幫助妳的——」

「為、為什麼……」此時的黃雅鈞似乎動搖了。

「因為我們是一家人！」黃雨澤大吼：「我不想就這樣眼睜睜的看妳離開我！」

兄長的話讓藏在她內心深處的黑暗傳出一聲鼓動，那股衝擊瞬間藉由神經傳遍全身上下，接著她的手腳都恢復知覺，就連視線也更加清晰。

「家人……」她啜泣著低語。

「對，是家人！」

從上方傳來另外一道聲音，她驚訝地抬起頭，注意到哥哥的身邊出現詹勝安與楊孟樂，另外一側則是那對青年，他們全都趴在地上，伸出手握著黃雨澤的手臂，協助他將自己從深淵中脫出。

「事務所的女生已經夠少了，再少一個還有什麼樂趣?!」詹勝安露出白亮亮的牙齒笑道。

「有什麼問題就說出來，大家會替妳分擔的。」楊孟樂維持一貫的冷漠語調，只是嗓音中多了一絲不易察覺的關懷。

「一加一絕對可以大於二，如果一次不行，我們就試第二次，試到可以為止，雅鈞姐一定可以的！」

雖然只有短暫相處，駱以聲也忍不住出聲鼓勵。

「相信我們。」駱以安難得勾起唇角，露出純真笑意。

「我不想再失去親人了，雅鈞……」黃雨澤撐著手臂哭喊道。

黃雅鈞聽見上頭的人傳來的鼓舞，再看見大家用力的將自己往上拉，她的心中突生一股勇氣，她以手背抹掉眼淚，用力大喊：「我、我不想死，我要跟你們在一起！」

她才剛喊完，所有人已經卯上全力將她從幽暗的深洞扯回地面上。

所有人都仰躺在草地，只有她雙膝跪地、雙手撐著草地大口喘氣。

黃雨澤一見妹妹脫離險境，他連忙一把抱住她嬌小的身子，讓她緊緊靠著自己。

「無論如何，我都會陪妳度過每一次的考驗。」他在她耳畔邊喃喃輕語。

「真的可以嗎……」黃雅鈞內心還是不安。

「可以的，只要妳相信我們，就絕對可以的。」他保證說。

後來，那個大洞就交由黃雨澤來處理，他透過影之力，讓這一區再度包裹在青藍色的圓弧牆壁內，並透過時光回朔，將土地的樣貌恢復原狀。

而律師資格考試當天，黃雅鈞卯足全力完成每一道難題，她沒料到這場題目比想像中來得難，但好險自己早已有了萬全準備，只期望自己的心血最終沒有白費。

這一天，考場外也同樣來了一票人，接近正午時間的十一點整，藍色的天際萬里無雲，只有一顆炙熱高溫的太陽在上空焚燒底下的人群。

從走廊的矮牆向下眺望，是一座開滿植物的中庭，只是沒有人願意曝曬在陽光下，所有陪考者幾乎都躲在有遮篷的座椅或是走廊避暑。

駱以聲灌進一大口冰水消暑，嘴裡不斷大喊：「天啊！這裡也太熱了吧……」

「別提那個字，越提會越熱啊！」詹勝安同樣汗流浹背，正猶豫自己是不是該先回家沖個澡。

「心靜自然涼。」待在隊伍中間的楊孟樂閉眼沉思道。

駱以聲瞥向自家的哥哥，發現對方也閉上眼睛不發一語，他不禁好奇問：「哥難道不熱嗎？」

「心靜自然涼。」駱以安用冷淡的口氣重申楊孟樂的話。

「天啊！我們這一個隊伍怎麼看似正常，結果藏了兩個怪胎啊……」

駱以聲沒轍的卡在兩位『怪胎』中間，對著正在靠扇子消暑的詹勝安抱怨。

時鐘滴答滴答作響，突然，鐘響了，同時宣告最後一場考試結束。

黃雨澤率先站起身，臉上表情再認真不過，「考試結束了，走吧。」

他們從人潮中，不費吹灰之力就找到黃雅鈞，她一見到事務所的加油團們，不禁露出自信滿溢的笑臉，並與哥哥極有默契地擊掌。

「我有自信，我會考上的喔！」

放榜那天，所有考生來到政府指定的場所查榜。

那裡貼著一張榜單，周圍擠滿人潮，每個人都想在上面尋找到自己的名字。

黃雅鈞與事務所的人一同前往放榜的地點，努力往前擠到榜單前。「加油！」所有人齊聲吶喊。

她朝後頭揮揮手，轉身又繼續往前鑽進。

雖然所有人都相信她會得到好成績，不過還是難免擔憂地注視著她嬌小的背影。

「她、她擠到最前面了！」身高較高的詹勝安瞥見人海茫茫中的黃雅鈞，她已經站在榜單前，抬頭找尋自己的名字。

幾秒後，她轉過身，面向所有人抬起右手臂比出勝利的手勢。

「耶——」待在人潮後端的一夥人也紛紛雀躍地大喊出聲。

由於這次鬧出來的事件太大，就連司令與偵查室的同事都前來關心黃雅鈞是否錄取公職。

這則好消息讓所有人都欣喜若狂，不斷恭喜她的努力有了回報，但她很清楚問題並沒有解決，她雖然高興自己得到機會，不過在她心中還有一件掛心的事……

「恭喜妳，雅鈞！」黑卣送上一個過分熱情的擁抱，簡直像是把她當絨毛玩偶般揉來揉去。

她驚恐地退一步，不習慣如此熱情，「謝謝……」

黃雨澤站在黑卣身邊，寵溺的揉揉妹妹的頭髮，「不要苦著一張臉，我不是說過要一起改變嗎?瞧——」

他露出她無法理解的笑容，接著側身讓出位置，讓她看清楚他身後的人。

當人影越來越清晰，黃雅鈞愣了半晌，晶瑩的淚水從眼眶裡滑落。

那人穿著灰色日式和服、腳上踩著木屐，緩步停在她的面前。

「爺爺……我、我——」

「加油，說出來。」黃雨澤按著她的肩膀，鼓舞道。

她視線一一掃過事務所的人，每個人都對她點頭，要她勇敢將心裡的話說出來。

「爺、爺爺……這就是我的夢想，我要成為一個律師，為自己追求更穩定的生活。」她不敢直視對方嚴厲的視線，只能撇開視線，不安地盯著地面。

空氣飄盪著沉默，就在她以為不可能的時候，老人緩緩開了口。

「加油吧。」

面容肅穆的老人，當著所有人的面前，落下了這麼一句話，隨即轉身離去。

終於，她親耳聽見爺爺的鼓勵。

——逆星雙子1 完

番外篇　找球的男孩

這個世界充滿渾沌，人與人之間的信任與背叛僅一線之隔。

這夜，寒風刺骨得讓人縮緊身子。

兩名少年來到「杉日月事務所」的頂樓，寬敞的四方空地除了水塔與管線以外別無它物，因前方無遮蔽物，也是個瀏覽風景的好去處。

這裡是詹勝安告訴他們的神祕地點，兩兄弟一有時間就來到這裡放空休息，這天也不例外，完成工作的兩人又聚在這裡。

形影不離的雙子。

白髮少年坐在屋頂邊緣欣賞月色，兩隻腳懸在空中，完全不在乎危險。

身邊的黑髮少年則是他的雙胞胎弟弟，他腳尖朝外、站姿筆挺，輕鬆的呼了口氣，冷冽的空氣讓他呼出的氣體都化成白色煙霧，卻不減他欣賞夜景的好心情，「這裡真是一個好地方。」

駱以聲伸了伸懶腰，看了身旁始終沉默的男孩一眼，彎下腰，關切地問：「你有心事嗎？」

他知道自己的哥哥並不是個會主動將事情說出來的人，也因為這樣，他的心裡總是憋著無數的心事。

雖然他不難理解駱以安為什麼會變成這樣，可是他總想著要幫助他脫離這樣的狀態，畢竟樂觀過日子是他的原則，所以他也希望哥哥能敞開心房開心過生活。

「你沒有想過，我們的生活會因為這份使命而有所改變？」駱以安聲音毫無起伏，雙眼直盯天空那輪明月以及周圍散亂的耀眼銀星。

「當然有啊！不過啊——算是看開了吧。」駱以聲兩手攤開，維持身體平衡的走在屋簷邊緣，「還記得雅鈞姐那件事嗎？那一次讓我了解到，我們的存在多麼重要，如果這個世界沒有我們去管理，會變成怎樣呢？哥，我們已經失去一切，不管是村落還是媽媽……這份工作是我們僅存的東西了，你一定也不願意讓影獸將這些都奪走吧。」

「嗯。」駱以安靜地咀嚼弟弟所說的話，接著倏地站起身，對弟弟說道，「回屋子裡吧，溫度越來越低了。」

「嗯——真的越來越冷了。」駱以聲搓著雙臂，緊跟在白髮少年的身後。

突然間，駱以安停住腳步。他敏銳的聽見空氣中有種細微的聲音。

「怎麼啦？突然停下來，很痛耶……」駱以聲反應不及，直直撞上哥哥的背，現在正痛得抱怨。

「你聽見那聲音了嗎？」

在駱以安的雙耳裡，的確捕捉到一絲細聲，那股聲音就隱藏在這座臺北城的夜景一角。

進到事務所這段時間，他的敏銳度越來越高，所以他絕對相信自己的判斷，這並不是自己的幻覺所造成的。

駱以聲終於也聽到聲音，他皺起眉頭，「離我們這裡不遠，而且聽起來像是……」

「是救命聲！」

駱以安冷靜的說完，緊接著轉身往頂樓的大門拔足狂奔，他衝下階梯滑過轉角，推開緊急逃生門回到辦公大樓走廊，這裡是屬於巡影者的空間，這個時間，大多數的隊員都回到自己的房間休息，但事態緊急，他沒辦法顧慮太多，只能匆忙的往電梯奔去。

他們跑過走廊時，一扇門出乎意料地被推了開，駱以聲嚇了一跳，腳步也緩了緩。

黑卣探出頭，一臉難掩的起床氣，劈頭便罵，「你們都不用睡覺嗎?!這麼晚了還在走廊上跑跑跳跳的——啊——是你們啊，怎麼了嗎？」

一看清站在門前的是那對可口的雙子，她隨即收斂自己的另外一面，靠意志力忍下暴躁的情緒，改以嬌聲問候。

駱以聲卻是直接忽略，僅是朝髮絲凌亂的女子回道：「有事情發生了！我們去去就回——」

兩人衝進電梯，按下一樓的按鈕，電梯下降的片刻，兩人還是能聽見那微乎其微的呼喊，這讓他們不禁驚慌失措起來，因為那聲音聽起來就像是正與死神拔河，若是那人沒辦法堅持到他們到達，明天肯定就會上新聞頭條……

最重要的是，他們不曉得那聲音是怎麼傳進他們的耳裡，或許是影獸造成的也不一定，若是放任不管，不僅人類會發現這天大的危險存在，如此一來，這和平的世界也會變得動盪不安……

電梯一抵達一樓，兩人隨即馬不停蹄的往外奔去，櫃臺裡睡眼惺忪的警衛也被突如其來的兩道黑影給嚇得回過神。

兩兄弟衝出事務所，這才想起這時間路上並沒有半輛車子，停車格上的車也派不上用場，更不用說兩人根本不會開車……

驀地，求救聲忽然變得微弱，兩人束手無策的站在路邊，內心一陣茫然。

突然，駱以聲指著聲音的來源處說：「乾脆用跑的過去好啦！」

「但是我們不知道距離有多遠……」駱以安不太認同。

「難道我們要在這邊來回走來走去，坐以待斃嗎？」經過黃雅鈞的事情後，駱以聲已經相當有意識自己肩上背負的責任，他凝重的望著哥哥開口道：「哥，待在這裡才是最沒用的。」

駱以安想了想後點頭，隨即邁開步伐跟在弟弟身後，兩人在街道上跑了一段距離，突然感覺後方有威脅正迅速逼近，兩人反射性地跳開，一輛黑色轎車便急煞在兩人面前。

兩人定眼一看，坐在駕駛座的正是事務所的巡影者之一，黑卣。

「還等什麼，上車啊！」她把頭探出車窗外喊道：「不是要救人嗎？快一點！」

兩人露出感激的眼神，拉開後座的門鑽了進去。

黑卣踩下油門，一口氣把車速從四十飆到九十，完全不把交通規則看在眼底。

「喂，你們誰來跟我解釋這是怎麼回事？」

因為事情來得突然，她沒有特別打理與化妝，只是拿髮圈將頭髮紮起馬尾，稍微梳直了下便出門。

坐在後座的兩人互看彼此一眼，擅長說話的駱以聲便開口：「最先是哥聽見了聲音，然後我也聽見了。」

「聲音？是什麼樣的聲音？」她握緊方向盤，盯著前方問道。

「有點像是救命聲，但現在我們幾乎快聽不見了……」

駱以聲努力讓自己可以聽到任何細微的聲音，不過聲音的來源處卻像有什麼阻擋一樣，讓那呼喊聲越來越薄弱。

「看來這是雙子才有的能力了，我可什麼都沒聽到。」

她抬起視線瞧了眼後照鏡裡的身影，駱以安瞀向窗外的迷人模樣終究令她覺得賞心悅目，駱以聲反倒是比較稚氣一點，但兩人修長的身材比例已經是個大人模樣，若不是現在情況特殊，她早就又撲上去好好疼愛一番。

但她很清楚現在工作中，於是只能收回心神認真地問：「現在還能知道從哪邊傳來的嗎？」
來到一個十字路口後，聲音變得更加模糊不清，駱以安聚精會神地閉上眼睛，雙耳輕微顫抖，接著指向右邊那條路，「往右邊走，聲音在那個方位。」
「了解！」她轉動方向盤，讓車子拐了個彎，一路直直駛過空無一人的街道，沿路經過幾家二十四小時的便利商店，而當他們越往前方接近，沿路的街燈突然開始閃爍，過去的經驗告訴她，這絕對是影獸造成的。
「小心影獸就在附近。」少年還來不及問為什麼，她便空出一隻手指著窗外，「這些燈不會無緣無故自己閃起來，依照過去的經驗，這附近一定有影獸出沒，牠散發出來的影氣感染了這一帶……」
「看來非得要打一戰了。」駱以聲捲起袖口，蓄勢待發，「這兩個禮拜以來，我們也做了不少訓練，才不會害怕這種偷偷摸摸的影獸呢！」
「不錯！不愧是我看上的好孩子！」
「什麼？」駱以聲沒聽清楚，連忙轉頭追問。
驚覺失言，她連忙遮嘴，「沒事，我是說不錯！真讓人熱血沸騰呀！」
她的視線掃向後照鏡，卻發現駱以安用一種質疑的眼神盯著她，她下意識閃過他的視線，專注地將車駛進安靜的住宅區。
駱以安隱約瞄見屋頂上有巨大的黑影躍過，不過眼睛卻沒能捕捉到任何實際的身影，但他沒留心在這上面，因為耳朵捕捉到的聲音仍在前方。

駱以聲發現白髮少年的不對勁，忍不住關心地問道：「看到什麼了嗎？」

「沒事，應該看錯了。」

夜很深，他其實也覺得疲勞不堪，駱以安按了按雙眼，安撫著弟弟，「我真的沒事，別露出那種好像會失去我的表情。」

「我才沒有！」駱以聲扭過頭，臉上露出罕見的潮紅。

黑卣一面偷看著雙子，一面將車駛到一棟有著草坪庭院的屋子前，他們待在車內看了看，光從外觀根本不覺得這裡有人住，接著三人在草地上看見插著法拍屋的立牌，更加證實了三人心中所想。

「確定是這裡嗎？這裡看起來可不像有人住耶，影獸誕生的媒介不是人類的負面情緒嗎？這裡可是沒人住的法拍屋，聲音一定是從別的地方傳來的吧……」非常怕鬼的黑卣可不覺得下車進屋是個好選擇。

「不，就在裡面。」駱以安肯定的下了車。

黑卣搔搔頭，瞥向還在後座的駱以聲，「到底真的還假的……」

「我已經聽不到聲音了，可是哥好像還聽得到，事到如今我們也只能相信他了……」

他無畏地跟著下車，留下黑卣待在車內胡思亂想。

但被拋下的滋味可不太好受，她馬上跳下車，縮著身體跟在黑髮少年的身影後。

眼前是棟有兩層樓高的獨棟洋房，造型充滿濃濃英式風格，外壁的建材採用白橡木為原料，並以水泥打造穩定的地基，乍看下應該是座小型豪宅，只不過窗戶滿是灰，讓人看不透房子內部。

而草地也因為沒有人定期清理，雜草茂盛，光是待在外圍就讓人背脊發涼。

駱以安推開掉漆掉得厲害的白色籬笆，忽然一陣冰寒刺骨的冷風圍繞在三人的周圍，讓懼怕鬼怪傳聞的黑卣起了一身的雞皮疙瘩，而少年們倒是無動於衷的繼續向前進。

嘰嘰嘰……

一陣詭異的聲響傳來，三人眼神齊刷刷轉到門前的竹籐涼椅，只見那破爛的搖椅正規律的搖動著……

「啊——那邊沒有人啊——」黑卣嚇得抓著駱以聲的雙臂不住發抖。

「嚇死我了，那只是風而已，不要緊的。」駱以聲連忙安慰。

黑卣點了點頭，雖然驚恐，眼睛卻是到處亂瞄，她注意到草地上有棵枯樹，樹梢上垂下兩條細繩綁著木板，周遭也沒有風，卻莫名地搖擺，發出令人不舒服的吱呀聲。

突然，她全身一頓，整個人撲向兩兄弟，「你們快看那裡！」

兩兄弟對看一眼，輕笑著安撫，「黑卣姐，沒事的，有我們在。」

不過天生害怕的東西並不是馬上就能克服，黑卣依舊像顆橡皮糖，緊緊黏在兩兄弟中間不肯離開半步。

三人站在門廊前，先是觀察了一下內部狀況，但無奈玻璃門積灰太重，根本看不清內部狀況，於是駱以安將手放在門把上，準備拉開一探究竟。

黑卣見狀卻急忙說道：「等、等等啊！你還沒敲門耶——」

然而駱以安已經直接打開，一股令人寒毛直豎的冷風倏地從裡頭吹出來，黑卣又重新躲回兩兄弟背後，嘴裡直碎唸，「嗚嗚……早知道我不要跟了……」

然而她又轉念一想，不行……這可是跟他們一起相處的良機，我得好好把握才行。

這麼一想，她更加緊貼著雙胞胎，進入冷得令人發抖的室內。

走進客廳，才發現家具上頭都被蓋了白布，上頭早就積滿灰塵，客廳有兩個出入口，另外一個直通走廊，走廊盡頭有一扇門，這邊的窗戶沒有灰塵阻礙，隔著扇窗，三人都看見後院是座樹林環繞的池塘，或許是因為角度關係，沒辦法從屋外就知道這造景的存在。

突然間，一陣男童的嘻笑聲從樓上傳來，快速的奔跑聲在木質地板上踩得砰砰響。

黑卣整個人跳了起來，更加用力勾住兩兄弟的手臂，並順勢吃了點豆腐……

「在上面。」駱以聲拍拍她的手，將她交給哥哥，接著極有勇氣的踩上階梯，每走一步便開口問道：「是誰在這裡？」

但空蕩蕩的房子卻沒人回應。

「哈囉，有人嗎？」經過兩三次的呼喊，依舊都沒人出聲，彷彿剛才的笑聲就像在嘲笑他們一樣。

駱以聲站在二樓的高度，低頭望著待在一樓樓梯旁的兩人，黑卣這時卻看見有團小小的黑氣纏繞住駱以聲的小腿，她連忙驚呼道：「小黑！你的腳——」

駱以聲迅速低頭往下看，卻什麼也沒見到，然而黑卣卻是親眼看見黑氣蔓延散開，慢慢地，一陣不舒服的感覺滲透進她的大衣外套，接著是冰涼的觸感貼上她包覆在衣物內的肌膚，她兩手一緊，捏向毫無知覺的駱以安，渾身上下滿是恐懼，「有、有人在摸我……」

這話一出，樓上又傳來拍球的聲音，駱以聲循聲往左邊的房間走去，頭也不回丟下一句：「這是影獸造成的，絕對不是靈異事件，我去看看，你們待在那裡。」

駱以安站在原地，拍拍她的纖細手臂，眼神透露出一股令人安心的氣息。

黑卣感覺情緒安定了下來，她吐了口氣，緩緩開口：「我們也上去吧，小黑一個人我不放心。」

駱以安卻受到吸引地往後一轉，不顧黑卣拉扯的推開後院的門，踏下階梯踩進乾硬的泥土，一路往池塘上的木造道前進。

「小白！你怎麼了嗎？」

一來到後院，溫度降得更低，她好不容易跟上他的腳步，卻明顯感覺到一股危險，她不敢踏上木道，只能站在原地望著駱以安緩緩向前走……

「小白，不要走了，我們還是回屋子吧……」

雖然駱以安的背影對她來說相當迷人，但現在可不是欣賞的時候……

然而駱以安卻是直盯著池面，始終不發一語，這讓她更加恐懼，忍不住抖著嗓音問道：「你發現了什麼嗎？」

「沒什麼……」駱以安搖頭，水面只是映出自己的樣子，要說哪裡奇怪也說不上來，當他轉身打算折返時，不料一條細長的線卻無預警的從水中竄出，直接纏繞上駱以安的脖子，並將他拉進水底！

噗通一聲，木道上已不見駱以安的身影，黑卣衝向前，驚恐大喊：「小黑！小白他被攻擊了——」

剛才的一切發生得太快，她隱約還能看清楚細節，那東西看起來像是一種觸鬚，從水中伸出的一瞬間就將人拖到水底。

她站在駱以安剛才站的位置，感覺一陣茫然，轉頭張望了下，駱以聲似乎沒有聽見她的聲音，她蹲下身，將手伸進冰冷骯髒的池水大聲呼喚著：「小白、小白你在哪啊?!不要丟下我一個人啊……」

既然是影獸，除了仰賴雙子之力消除以外，經歷過自我突破的巡影者也能使用一部分的影之力與其抗衡。

想起這點的黑卣右手一攤開，腳底的影子迅速地爬滿整隻手臂，一支巨大的毛刷畫筆出現在右手，左手則由影子聚集成調色盤的形狀。

調色盤上共有七個凹槽，分別填滿了紅橙黃綠藍靛紫。

突然間，她胸前的項鍊發出璀璨耀眼的光芒，那淡淡的光圈賦予了黑卣些許勇氣，剛才的攻擊並不是靈異事件，她告訴自己駱以聲說得沒錯，那只是影獸並不是靈異事件，沒有必要為那種超自然的怪事情感到害怕。

「不論你是誰又或者有什麼冤屈，我們可以好好談的，不、不要……用這種方式嚇人，尤其晚上更不好玩啊……」

她將畫筆的尖端沾上藍色顏料，在木堤邊畫上一筆，周圍的水氣都被顏料吸收，池塘的水開始緩緩減少。

黑卣屏息以待，希望能一探究竟，但不過眨眼間，一道極大的衝擊向她直衝而來，她退了好幾步，整個人在地上滾了幾圈，搞得雙腿布滿擦傷，整個人也因此狼狽不堪，黑卣用左手的指尖把髒污抹掉，定眼一看眼前的景象——

那股透明的衝勁將池塘上的木道全數毀損，一根根碎木都飄浮在上頭，上頭的顏料也因為遇水而自行溶解失去效用。

池塘裡面一定有什麼！這下她非常肯定。

「小黑，你在嗎?!」她朝屋子裡叫了一聲，卻還是得不到回應。

看來她只能靠自己了！

黑卣將畫筆重新沾上靛色的顏料，然後跨出步伐往池塘接近。

只要將這色顏料接觸到水就會引發出高壓雷電，她希望這種攻擊剛好是潛在水底的影獸剋星。

「混蛋，如果不放了小白，我就讓你嚐嚐什麼叫痛不欲生！」

畫筆尖端往水一伸，一顆頭從池塘裡露了出來，筆尖停在額頭前一寸，她險險收回手，若是沾上了，眼前的白髮男子絕對會被電得體無完膚……

黑卣愣了半秒才回過神，她將影之力收回腳下，脖子上的項鍊也退了光澤，接著彎下身伸出手將駱以安拉上岸。

全身濕漉漉的駱以安吐了好幾口水，接著氣喘吁吁地爬上岸，他無法制止自己全身發抖，只能拚命的用雙臂摟緊自己。

黑卣見狀忙將自己的外套脫下蓋在他的身上，接著攙扶起他，「還好嗎？你用雙子之力解決那個影獸了嗎？」

「我、我看見了一些訊息，我們必、必須盡快到屋子裡……」

他走起路來蹣跚不穩，要不是黑卣幫他穩住重心，不然早就站不穩。

兩人進屋後，耳邊便傳來駱以聲的叫喚：「你們快上來，瞧我發現了什麼！」

他們沿著階梯來到二樓轉角處的房間，房裡有張破舊的單人床、以及門把上纏繞了好幾圈破布的雙門衣櫃，加上地板上散落著一堆骯髒的布娃娃，整體看起來就是間小孩房。

「看來這裡以前是小孩子住的地方……」

黑卣走進門，也是這樣的感想。

駱以聲試著把衣櫃門把上的布條解開，但無論怎麼解都解不開，最後就連駱以安也一起加入幫忙，然而兩個少年的力量仍沒辦法弄斷布條，這狀況不禁讓人更心生疑惑。

一陣彈球聲忽然從黑卣的後方逼近，一顆紅色的橡皮球從她腳邊滑過，彈到房間裡的單人床腳邊停了下來，黑卣眼角餘光瞄見原本坐在地上的布玩偶身體突然傾倒在地上，耳邊依稀聽見了男孩子的頑皮聲音：「我們來玩吧。」

她猛地眨了眨眼，卻發現剛才還看到的球就這麼憑空消失，只剩下玩偶還躺在原地不動。一旁正在奮力打開衣櫃的駱以聲卻因為遲遲打不開而整個人挫敗，「天啊！怎麼會完全打不開啊——」

「小白……」黑卣冷不防的往後一看，望見二樓還有一間房間開了點小縫，一隻慘白的小手抓著門框，她抖了抖，拍拍駱以安的肩膀問：「你剛、剛剛說一些訊息是什麼訊息？」

「一顆球、一雙手、還有……一具浮在池塘上的屍體。」

駱以安據實以告，待在門口處的黑卣也隱隱約約猜出這是怎麼一回事了，「那個孩子好像在找一顆球……」

「球？」駱以聲神情一震，雙眼緊盯著眼前的衣櫃，「我剛剛就是從裡面聽到球聲的，有人在裡面玩球……」

「我們來玩吧！」

突然間，黑卣又聽見那個男孩的聲音，她下意識的轉過頭，突然對上一雙滿是血絲的大眼，那雙眼睛只隔著一公分的距離瞪著她，還露出駭人的笑容。

下一秒，一個男童的身影撞進她的視線，凌空的身體跟她同高，接著頭一偏，發出慘絕人寰的痛苦聲，迅速飛回另外一扇門裡。

原來是黑卣迅速發揮自己的影之力，在對方毫無防備的狀況下，將顏料沾到對方的身上，不過她知道那鎮壓不了多久，只能對著雙子警告：「我們得趕快找到那顆球解決這一切，否則的話……」

話未完，窗外池塘便傳來雷聲隆隆的巨響，他們透過窗戶勉強看到池塘的一角，只見大量的水染成一片墨黑色，猶若一池墨水般深不見底。

兩兄弟見狀，連忙開口：「我們去阻止牠，就請黑卣姐就幫我們找到那顆球！」

兩兄弟衝出後院，面對彷彿有生命般的一柱黑水皆是錯愕不已，駱以安看了池塘的底部一眼，判斷道：「牠沒辦法離開那裡，所以攻擊的範圍有限。」

話才說完，兩條水鞭便在少年的面前射向廢屋貫穿白橡木牆壁，險險命中正在房間裡的黑卣。

黑卣拍拍胸口，若是剛才站得偏一點，她的身體肯定也會跟那些木板一樣被弄出一個洞……

她深呼吸一口氣，拍拍臉頰自我鼓舞，接著轉向衣櫃，兩手抓著布條用力往外拉扯——

我可以的、我可以的，這點狀況才不算什麼，我們可是遇過比這還糟的事件呢！

她拿起畫筆沾上每種顏色，並且在身周畫了一圈，這是短時效性的防護咒，任何超自然的攻擊都沒辦法傷到她，只是這套方法前置動作瑣碎了點，容易遭到襲擊，好險有雙子的牽引，她才有足夠的時間可以施術。

同一時間，屋外的駱以安與駱以聲兩手各自張開，一股猛烈的氣流直往上沖，連帶的他們身上穿的襯衫與運動外套也受到氣流的影響。

駱以聲解開扣子，露出結實的上半身，身後浮現三尺高的黑色人影。

綁著布條的人影沒辦法看見眼前事物，必須透過雙子的雙眼才能看清眼前的敵人。

雙子站在池塘前敞開雙手，身後的人影掌心便各自浮現出兩團火玉。

兩人做出拋丟的姿勢，燃著烈焰的火玉便直直往豎立起的水幕飛去，好險牠比阿努比斯還好對付，一遭到火玉攻擊便弱了下來。

只是對方也不是省油的燈，接連噴出數條水鞭，纏繞住巨大人影的雙臂，此時水的中間隱隱浮出一名男孩的上半身，他的雙臂隱沒在水裡，眼睛空洞的發出猛獸般的叫喊。

少年感覺到一股力量正以反方向在拉扯，人影的痛苦完全傳到雙子身上，那影獸正試圖將他們的手給硬生生扯斷。

「可惡……黑卣姐……」駱以聲咬牙撐著，顯得十分吃力。

待在房間裡的黑卣仍然沒有辦法將布條解開，她左顧右盼想尋找可用的東西來破壞衣櫃，可惜周遭除了垃圾，根本沒有多餘的工具放在這裡。

此時外頭傳著陣陣的打鬥聲響，她了解到自己沒有多少時間，於是乎，她靈機一動靠著畫筆沾上紅色的顏料，直接抹在布條上。

瞬間——顏料燃起烈火，直接將布條燃燒殆盡，她用力拉開兩扇門，一股難聞的腐肉臭味迎面而來，黑卣隨即退了一步，摀著口鼻，利用畫筆在裡面做出撥弄的動作，除了幾件沒帶走的衣服外，一具被遺棄在衣櫃內的男童屍體緩緩倒了出來……

碰地一聲，被水泡到腐爛的屍體摔在地面上，她瞇了瞇眼，眼前的一切證明了駱以安說得沒錯。

他在水裡面看見的訊息是浮在水面上的屍體，可是除了屍體以外，她卻找不到球的蹤影。

「哇啊——」

冷不防地，後院傳來痛苦的哀鳴聲，一隻黑烏鴉突然撞上玻璃窗，脖子斷裂當場慘死。

她回想起剛才男童躲回的房間，心想說不定是在那裡吧？

黑卣抱持著一種不知打哪來的自信，踩著穩健的步伐來到右邊的房間。裡面是一間主臥房，有張雙人床還有梳妝臺，不過卻沒有衣櫃。

她彎下腰，一路從床上床下、梳妝臺……任何隙縫都被她找遍了，卻依然沒發現球的蹤影。

「到底在哪裡……」

黑卣毫無頭緒，加上耳邊不時聽到那對兄弟被擊中而悶哼的聲音，她的心痛了好幾下，連忙加緊動作。

她拿起畫筆的尾端輕敲地板，然而都是紮實的回音，沒有任何不對勁的地方，敲完地板，她將筆尾改敲牆壁，另外一種不同的聲音反應出來，代表這個牆壁是空的。

黑卣的心底燃起希望，她用畫筆在牆上用力敲了數次，因為房屋老舊的關係，馬上就弄出一道裂痕，她徒手扳碎木片，露出一個小洞。她吸了口氣，將頭探了進去，發現一顆紅色的球就躺在那裡。

先不論它是怎麼被安置在裡面的，她只想要將它取出來，好結束這荒唐的歷程。

黑卣縮回頭，打算把洞弄得更大，只是背後突然傳來喀喀聲，一股令人毛骨悚然的感覺悄悄爬滿她全身……

她慢慢的回頭……看見男童就站在自己身後，皮膚因泡水過久而腐爛成爛泥，此刻正像泥水滴滴答答往下掉，一雙應該是圓潤的雙眼此刻也都爛得只剩眼眶，男孩裂嘴一笑：「我、們、來、玩、吧。」

下一秒，黑卣只覺得眼前一花，男孩猛地朝自己衝了過來，她反射性用畫筆架在他脖子上，想藉此擊退他，這一舉動讓男童的表情變得更為不悅，只剩白骨的雙腳在地板用力往前踏，留下一道道怵目驚心的血痕……

「屍體不可能會動的，一定有東西在屋子裡操控……」

直覺這麼告訴她，所以當男童一鼓作氣衝過來時，她卯足全力一揮，將他整個人擊退到門邊。

男童殘缺的屍體因撞擊更為破碎，卻還是猙獰的想攀爬過來，黑卣迅速拿起畫筆在調色盤上沾上各種顏料，接著在地上畫一個圓圈，藉此成為自己的護身符。

她在圈內劇烈喘著氣，眼前卻突然飄下一道觸鬚，她把頭往上一仰，看見一團濃密的黑氣正壟罩整個房屋的天花板。

這股黑氣的濃霧從主臥房蔓延到外頭，她判斷整間屋子肯定都變成了這樣子，仔細一想，那道纏繞上駱以安脖子的東西應該不是什麼水底怪物，而是跟天花板垂落下來的線一樣！這是這孩子生前的怨靈，也可以說是負面情緒的一種，這些條件在在都構成影獸的變化要素，黑卣其實比大部分的人更相信這類鬼神的存在，所以當她意識到這是由怨靈而生的影獸時，她只能告訴自己得用力撐過去，然後繼續做自己該做的事……

因為有防護咒保護，黑卣再度把身體鑽進洞裡，企圖把洞弄得更大，接著她伸長手，將整顆球撈了出來。

男童一看到她手上的球，整個人像線斷的木偶，突然倒地不起。

黑卣見狀隨即露出鬆了口氣的笑，絕對是這個！

她焦急的想往樓下衝，卻不料天花板上的黑線纏繞上她的腳，讓她狠狠從二樓摔落到一樓，她以畫筆挑斷黑線，緊緊抱著懷中的球忍痛離開屋子，然而一到池邊，她卻看見令人難以置信的畫面。

整座池塘的水竟然浮在半空中，仔細一瞧，水中還有個露出上半身的男孩。

「想玩是吧，這就讓你玩個過癮！」

兩兄弟都因為人影被水繩捆綁住而動彈不得，黑卣見狀把球往天空一拋，鮮紅色的球不偏不倚的飛向男孩的靈體。

瞬間，整個池水突然像是失去重力般往下傾灑，雙子也因為水繩失去了效力，一個掙扎便掙脫開繩索。

駱以聲筋疲力盡地倒在地上不住喘息，駱以安則是站在原地，看著後院的一片狼藉，兩人身上皆是傷痕累累，一股掩蓋不住的疲憊在他們倆的臉上表露無遺。

一道光從樹林後方探了出來，金芒色的曙光照耀在池塘上，一路沿著屋子的方向把一切都漆成美輪美奐的金色。

黑卣茫然的看著一切，忍不住歎口長氣：「終於……結束了……」

這突來的怨靈讓三人一整夜飽受折磨，但三人心裡都明白，這一切事件的原由，都來自那可憐的男孩，他的求救引來三人，他希望他們能幫忙滅了影獸，讓他好好離開重新投胎……

三人帶著大大的熊貓眼穿過屋子，因為太陽的關係，黑卣膽子大了不少，她獨自走在最前頭，帶著遺憾的神情望著一切。

當三人回到車旁的時候，黑卣卻發現天空緩緩飄下一張老舊的牛皮紙，上面歪歪扭扭寫著一行字——

謝謝你們找到我的球，還有……對……不……

最後一個字扭曲得太厲害，她已經看不太清楚，然而她卻知道男孩要說什麼，她緩緩露出笑容，兩行眼淚也隨之滑落。

——番外篇 找球的男孩 完

後記

謝謝大家看完前面很歡樂，番外很恐怖的奇幻小說《逆星雙子》，要我解析這個故事的話就得從小暮喜歡腹肌開始。

本身對腹肌算是極度狂熱份子，所以就想寫一個雙胞胎，然後有好身材的故事，接著就發展成《逆星雙子》了（大笑）！

駱氏兄弟的個性各有特色，哥哥安靜、弟弟聒噪，然後還有一群很無理取鬧的同伴。

上市的第一集在字數與節奏上做了很多更動，不過為了讓劇情更加精采，這些都是必須的，謝謝三日月的責編陪我度過那讓人差點死翹翹的地獄修稿輪迴。

看完這本書的你或妳，有沒有特別喜歡哪位角色呢？

歡迎你們到粉絲團或噗浪跟我討論喔，我可是很樂意跟大家分享我自己家的孩子呢！

最後要謝謝繪師黑卣願意借我使用名字在故事裡面，所以內文裡面的黑卣是真有其人喔，也謝謝黃雅鈞願意將名字貢獻出來。

黑卣老師對我而言是一個很重要的朋友，她是我第一本商業稿的繪師，也是成為我立足點的小小地基，如果沒有她，大家也看不到我啦 XDD

所以我真的很謝謝她，也謝謝替《逆星雙子》繪製封面的布丁老師、三日月編輯部以及責編（挨拉U～～～）

如果支持小暮的作品，歡迎各位大朋友與小朋友到粉專裡面按讚追蹤訊息喔！
讚可是萬萬不嫌少的東西！有讚有好日子有好未來！
那麼——大家第二集再見囉！（扭捏退場）

暮帬

飛玄刺

一 屠城

地獄般的殺戮、流不盡的鮮血、難以吞嚥的屈辱，

曾是天之驕子的飛翎太子，如今尊嚴被踩，頹敗如糞土，

他該認命當個平凡小卒，還是放棄尊嚴等待獲勝轉機?!

飛翎太子是養尊處優，荒淫無道，視人命為糞土的翩翩美少年，
因為精靈皇城受到大將軍竄位而流落靈境，偶遇一位神秘女師傅・平兒，
在她的教導下，飛翎不再受限於精靈的自然能量，
為了漫漫復仇大計，他**自毀容貌重塑身軀**，回到特赦公家族等待報仇機會，
國破家亡的血海深仇、失去的王位他該如何**以計奪回**……

宴平樂 著 一蚩尤 繪

高寶書版集團
gobooks.com.tw

輕世代 FW062
逆星雙子01 賢者之石

作　　者　暮帬
繪　　者　布丁
編　　輯　賴思妤
校　　對　王藝婷
美術編輯　陸聖欣
排　　版　彭立瑋
出　　版　英屬維京群島商高寶國際有限公司臺灣分公司
　　　　　Global Group Holdings, Ltd.
地　　址　臺北市內湖區洲子街88號3樓
網　　址　gobooks.com.tw
電　　話　(02) 27992788
電　　郵　readers@gobooks.com.tw（讀者服務部）
　　　　　pr@gobooks.com.tw（公關諮詢部）
傳　　真　出版部　(02) 27990909　行銷部 (02) 27993088
郵政劃撥　19394552
戶　　名　英屬維京群島商高寶國際有限公司臺灣分公司
發　　行　希代多媒體書版股份有限公司/Printed in Taiwan
初版日期　2013年12月

國家圖書館出版品預行編目(CIP)資料

逆星雙子. 1, 賢者之石 / 暮帬著. -- 初版.
-- 臺北市 : 高寶國際, 2013.12-
面；　公分. --

ISBN 978-986-185-927-9(平裝)

857.7　　102020602

三日月